Klaus Buschendorf

Filosofische Märchen
oder
Skurille Gute-Nacht-Geschichten für Erwachsene

gewidmet

meinen Kindern

und

ganz besonders

meinen Enkeln

Filosofische

Märchen

oder

Skurille Gute-Nacht-Geschichten

für

Erwachsene

von

Klaus Buschendorf

Herstellung: Books on Demand GmbH, Norderstedt

ISBN 3-8311-4552-0

Umschlagbild und Gestaltung Klaus Buschendorf
November 2002

Inhaltsverzeichnis

Vorrede

Es wird sein eine Zeit, da ist alles mit allem verknüpft.

„So schlüpfen wir also in diese Kleider?" – „Ja. Sie sind nicht wichtig. Nur was wir sagen, zählt."

Denn: Es ist alles schon einmal da gewesen, nur eben ein kleines bisschen anders.

1. Pisa

Es wird sein eine Zeit, da ist alles mit allem verknüpft.

In dieser Zeit wurde ein Lehrer sachte munter in seinem Grabe. Dass er Schweizer war, ist nicht wichtig. Alle deutschsprachigen Länder belegten ihn nach seinem Tode mit Beschlag. Doch das ist auch nicht wichtig. Im Raunen der Zeit hörte er das Wort „Pisa-Studie". Mit der italienischen Stadt diesen Namens schien das aber nichts zu tun zu haben. Er erinnerte sich einer ungarischen, lustigen Fernsehzeichentrickserie aus der Mitte des zwanzigsten Jahrhunderts. Sie sagte den AKÜFi, den Abkürzungsfimmel, für eine ferne Zukunft voraus. Nun war er schon ein wenig voreilig wahr geworden. Er wurde aufmerksamer und verstand nun das Raunen der Pädagogen (und solcher, die vorgaben, etwas von Pädagogik zu verstehen) immer besser. Die Schüler seien so schlecht, besonders seine, die deutschsprachigen. Er wurde vollends munter und sah auf die vielen Schulsysteme in der Welt, die so gewachsen waren auf seinem Erdachten.

Jenseits des Atlantiks gaben die Lehrer fünf Noten. Und 5% der Schüler erhielten immer eine Eins. Das waren die Besten. 5% fielen immer durch. Je 10% erhielten immer eine Zwei oder Vier. Der Rest war eben Durchschnitt. Er seufzte: Klar, dort half kein Schüler dem anderen, wäre ja immer zu seinem eigenen Ungunsten ausgefallen. Woanders bildete man Lerngruppen. Die Gruppe erhielt immer eine gemeinsame Note. Der Bessere rackerte, der Faule kam mit durch. Dort blieb das Genie auf der Strecke. Genauso wie dort, wo nur der gute Notendurchschnitt zählte. Was nutzte dem guten Sänger die Eins im Gesang, er kam nicht zum Gesangsstudium, weil die Sportfünf ihm den Notendurchschnitt nach unten zog. Am Pazifikrand vertraute man der Tradition. Das hatte mit Samurai und Pflicht und Ehre zu tun. Man fand dort die besten Schüler. Und die meisten, die sich das Leben nahmen aus Scham, den Anforderungen nicht zu genügen. Damit dies nicht geschah, gaben andere Lehrer in den ersten Jahren gar keine Noten. Später erhielten die fleißigen Schüler viele Punkte. Sie holten sie dort, wo es ihnen Spaß bereitete, sie wählten die Fächer selbst, auch, was sie weg ließen, bestimmten sie selbst. Kein Stress mehr an deutschen Schulen für die Schüler, nur Spaß. Und trotzdem gab es hier die meisten Schulschwänzer und die schlechtesten Leser.

Da schüttelte der alte Mann den Kopf. Was war da so gesprossen aus seinen ersten Pflänzchen? Ein Irrgarten war gewachsen aus seinen Richtungsalleen. Es musste wieder einer kommen, der einen Stein heran wälzte, darauf zu steigen und zu schauen: Wo war der Irrweg entstanden, wo war der rechte Weg zugewachsen, wo waren ganze Büsche zu roden, damit wieder das Ziel für Schüler und Lehrer erkennbar war - für das Leben lernen wir! Er wusste genau: Ein solcher Mann würde kommen, oder zwei, oder viele. Doch bevor sie den Ausblick erreichten, würden so viele an ihren Mänteln ziehen und sie beschimpfen: Was sie sich heraus nähmen, den Stein da zu wälzen, was sie legitimierte, eine höhere Sicht haben zu wollen als alle anderen? Geschehen würde es dennoch. Und auf einen von ihnen würde der Ruhm der Nachwelt fallen, wie er auf ihn selbst gefallen war, weil die Menschen doch die Vereinfachung lieben. Er wusste nicht, welchen Zufällen gerade er seine Rolle in den Augen der Nachwelt verdankte. Ihm war das auch nicht wichtig.

So schüttelte er noch einmal mit dem Kopf über dieses beginnende 21. Jahrhundert, drehte sich in seinem Grabe um und dachte im Einschlafen: Alles schon einmal da gewesen, nur eben - ein kleines bisschen anders.

Dezember 2001

2. Kabul

Es wird sein eine Zeit, da ist alles mit allem verknüpft.

In dieser Zeit wurde Alexander unruhig. Lange hatte er keinen Schlachtenlärm mehr vernommen bei Babylon. Dennoch wurde der Recke munter in seiner nie gefundenen Grube. Er wusste noch nicht, was ihn geweckt. So erinnerte er sich seiner Jugend. Sein Lehrer war der größte seiner Zeit gewesen. Noch jetzt, da er Tausende Jahre später erwacht, kannten und achteten die Menschen seinen Namen als universalsten Filosofen der Antike. Er befähigte ihn, mit achtzehn Jahren ein Weltreich in die Schranken zu fordern. 333 - bei Issoss Keilerei - lernten in den Schulen die Primaner seine Schlacht, die ihm Ägypten zufallen ließ. Ihm war es nicht genug. Er zog durch das riesige Reich der Perser und darüber hinaus. Er kam an den Fluss, der nach seines Lehrers Wissen das Erdscheibenende ankündigte. Alle Schlachten waren geschlagen, es trieb ihn weiter, er trieb sein Heer weiter. Nicht lange mehr.

Nun verweigerten seine Griechen den Gehorsam. Darius, den Perserkönig mit seinen Streitwagen, Porro, den Inder mit seinen nie gesehenen Kriegselefanten, beide hatten sie geschlagen - Auge in Auge. Die unbekannte Gefahr, Nichtwissen befahl ihnen aus den Ängsten ihrer Seele her die Umkehr. Alexander verstand sie und gab nach.

In Babylon, der zukünftigen Hauptstadt seines hellenisch - persischen Weltreiches, das alle Länder umfasste, von denen ein Grieche wissen konnte, lebte er seiner Idee der Völkervereinigung, der Idee des Aristoteles. Seine Offiziere heirateten Persertöchter. Seinen Offizieren war das schon recht. Das mit der Heirat, musste das gleich wirklich richtig Hochzeit sein? Na ja, man würde sich da schon noch etwas einfallen lassen. Wir wissen nicht genau, ob diese Ehen hielten. Alexander starb gleich danach an einer Lungenentzündung, dreiunddreißig Jahre alt. Mit achtzehn Jahren war er in den Krieg gezogen. Seine letzte Hauptstadt, die er eroberte, hieß - Kabul.

Nach seinem Tod zerfiel sein Reich. Vor ihm stampften andere Völker ihre beherrschende Rolle auf die Erde. Ägypter, Sumerer, Hethiter, Babylonier, Assyrer und Perser. Nach seinen Griechen traten Römer das Erbe an. Es kamen Hunnen, Franken, Araber, Osmanen, Mongolen, Spanier, Engländer, Russen, Amerikaner. Die haben gerade Kabul - erobern lassen.

Das war es, was er gehört. Nun - Massenhochzeiten standen jetzt wohl nicht mehr zur Wahl der Mittel. Er drehte sich um in seiner Ruhestatt und dachte noch im Einschlafen:

Eine Episode. Alles schon einmal da gewesen, nur eben - ein kleines bisschen anders.

Dezember 2001

3. Milet

Es wird sein eine Zeit, da ist alles mit allem verknüpft.

Thales stöhnte, als ihn der Ruf des Göttervaters erreichte. Wäre er doch damals bei Kreis und Dreieck geblieben. Sie hatten ihn heraus gefordert, seine Freunde und Schüler. „Stelle deine Klugheit doch einmal bei etwas Nützlichem unter Beweis. Rede nicht nur über die vier Elemente, die Sterne und Gott. Mach' Geld daraus!" Noch nicht lange war es her, dass man dies erfunden, das Geld. Alle Welt wollte es haben, ganz Ionien schien danach süchtig. Wollte er der Weise bleiben, musste er etwas anfangen können mit diesem Stoff, musste „trendy" sein. Also fügte er sich.

Er beobachtete die Welt, in der man Geld verdiente und verlor. Dabei sah er eine prächtige Olivenernte reifen. Viele Amphoren würden die Bauern brauchen, diese Ernte einzubringen und auf dem Markt zu Geld zu machen. Alle waren in den Plantagen, die Ernte zu mehren, doch an Amphoren dachte keiner. Da ging er zu den Töpfern ohne Arbeit und bestellte Amphoren. Bezahlen würde er nach der Ernte. Diese, froh, ihre Scheiben wieder kreisen zu lassen, gingen auf den Handel ein. Doch Thales ließ auch seine Haussklaven aufmerken. Überall, wo sie Amphoren herum stehen sahen, vergessen, nutzlos, sollten sie ins Haus gebracht werden. Die Rechnung des Weisen ging auf. Gutes Geld ward ihm geboten, als die Bauern ihren Mangel an Amphoren bemerkten. Nun besaß er ein Vermögen. Und er blieb der Weise in den Augen seiner Zeitgenossen, er, der Thales von Milet.

„Ich habe dich rufen lassen, damit du beurteilst, was die Menschen aus deinem Markt gemacht", sprach Zeus im Olymp zu ihm. - „Ich machte den Markt nicht, der ergab sich aus verschiedenen Werkzeugen und Geld." – „Aber du warst der erste Spekulant und schufst, was die Menschen heute Börse nennen. Ich sorge mich. Schaue nach, du kannst das am besten. Geh!"

Wäre ich doch nur bei meinen Kreisen geblieben! Auch ein Späterer seiner Zunft hatte von Ökonomie im vertrauten Kreis nur von „der großen Scheiße" gesprochen. Wie gut verstand er ihn. Aber es ging nichts Praktisches ohne schmutzige Hände. Also sah er, was man heute handelte. Und staunte. Wie viele Geldprodukte gab es jetzt auf diesem Markt, die Genussscheine, Optionsgeschäfte und andere, hinter denen keine wirtschaftliche Wahrheit stand. Eigentlich waren das nur die verschiedensten Wetten auf steigende oder fallende Kurse von anderen Dingen, die auch nicht viel näher an den greifbaren Dingen der Wirtschaft standen, den Werkzeugen und Betrieben. Das nannte sich Börse, das ganze wurde als Marktwirtschaft bezeichnet, und man dürfe um Gottes willen nicht eingreifen in den freien Markt, der richte alles von selbst am besten. War nicht gerade ein System gescheitert, das den Markt abgelehnt?

Oh, ihr Kurzsichtigen, wollte Thales ausrufen. Nicht deshalb waren diese Leute gescheitert, weil sie dem Markt Zügel anlegten. Über den Tagesaufgaben verloren sie ihre Vision. Es ging ihnen nicht schnell genug. So verschleuderten sie vorzeitig die Früchte ihrer Arbeit, bevor diese Arbeit wirklich kraftvoll wirken konnte. Und jene anderen fühlten sich als Sieger, die nichts zu lernen hätten vom Besiegten. Sie sahen nicht, dass ihnen der Sieg nur durch die Kurzsichtigkeit ihrer Feinde, nicht durch eigene Leistung zugefallen war. So schlug das Pendel wieder aus zugunsten des Marktes und seiner Regularien. Und die Menschen waren zu blind, um zu sehen, wie „Hedges-Fonds", obwohl nur fiktive Geldströme, ganze Volkswirtschaften kleiner Länder, „kleiner Tiger", in Grund und Boden schlugen. Der „Markt" hatte gerichtet, die kleinen Leute zahlten. Aber Thales sah auch, wie sich Volkswirtschaften zusammen schlossen zu einer Währung, fiktives Geld auszutrocknen. Diese Menschen, so glaubte er zu folgern, würden es allmählich doch lernen, den Markt zu zähmen, damit er bald nicht mehr auf Kosten der Schwächsten „alles richten" werde. Wirklich?

Und er dachte an seine Erfahrung in Milet, als er sein Vermögen gemacht. - „Na und, wir haben es doch schon immer gewusst, dass du hinter dem Mammon her bist, den Idealisten hast du nur gespielt." - Da hatte er im nächsten Jahr sein Vermögen verschleudert. - „...bist doch zu dusselig für das praktische Leben." - Der Weise kann es dem Kurzsichtigen nicht recht machen. Der Kurzsichtige versteht ihn nicht.

„Tja", antwortete Zeus, den sein menschlicher Dienstgrad Göttervater immer neu belustigte. „Das ist dir doch damals schon passiert. Den heutigen Weisen geht es nicht anders. Dennoch - ein klein wenig scheinen die Menschen doch gelernt zu haben."

Aber nicht viel, sagte Thales ganz für sich. Ist doch schon einmal da gewesen, nur eben - ein kleines bisschen anders.

Dezember 2002

4. In der Akademie

Es wird sein eine Zeit, da ist alles mit allem verknüpft.

„Was zitierst du mich her, habe ich den Code zivil nicht gut genug geschrieben?" Wütend stand der kleine Korse vor dem großen Griechen. - „Schaue den Palast dir an, der aus deinem Fundament geworden. Doch nicht nur von außen. Gehe hinein als Recht Suchender. Finde es. Und dann berichte."

Dem Alten zu widersprechen, stand ihm nicht zu. Er hatte Aristoteles gelehrt, dessen Schüler Alexander war, sein eigenes großes Vorbild, dem er nur nacheifern, es ihm niemals gleich tun konnte. Hatte er selbst nicht alle seine vielen Schlachten geschlagen, um jenes Buch schreiben zu können, das Ordnung bringen sollte in die Beziehungen der Menschen? – „Ach was", hörte er den Alten sagen. „Was nützten deine vielen Siege, hast auf St. Helena geendet. Wer nicht die letzte Schlacht gewinnt, hat alles verloren. Wie glücklich war ich als Berater des Tyrannen von Syrakus. Bis er mich zum Teufel jagte. Die Flucht gelang, ich schrieb die 'Gesetze' aus bitterer Erfahrung. Du wolltest es besser machen, besser als Machiavelli, besser als der große Friedrich. Praktiziere Recht im Rechtsstaat!" - So trat der kleine Korse ein in das schöne, so klar gegliederte Gebäude.

Er kam nicht weit. – „Nicht ohne einen Anwalt!" hieß die erste Sperre. „Nicht ohne Honorar!" die zweite. „Gerichtskostenvorschuss!" - Er gab es auf als Recht Suchender, holte die Pläne und suchte nach seinen Fundamenten. Und war erfreut. Er fand sie alle noch. Kein einziges fehlte. Nur - das war ja nicht fassbar - so oft lagen sie dem Recht Suchenden quer. Er schaute sich die neu gesetzten

15

Pfeiler und Wände an. Er begriff. Nach seinem Grundentwurf war nur noch wenig organisch gewachsen. Da war gewuchert. Kein leitender Architekt, viele Anbauten für diesen oder jenem zum Nutzen, selten gedacht zum Nutzen für das Ganze. Künstlich eingefügte Umwege, Stolpersteine waren die Folge. Stärkere Baumeister hatten schwächeren die Luftschächte zugemauert - grausig. Dabei waren alle Verwalter stolz darauf, dass kein Gesetz je aufgehoben worden, 'weiter entwickeltes Recht' hieß dieser Wirrwarr bei den stolzen Bewahrern dieser Rechtsordnung. Und schließlich sah er, für wen es gut war - so, wie es jetzt war. Brauchten sie neue Gesetze, holten die Volksvertreter die besten Experten, sie zu entwerfen. Die besten Experten fand man bei den größten Unternehmen. Und die Experten unterschieden genau, von wem sie ihre Brötchen immer, von wem nur zeitweise bekamen. So fielen denn die Gesetze aus zum Nutzen der größten Unternehmen. Für diese gab es auch keine Sperren, die gab es nur für Arme. Die Demokratie verkam zum Schlachtplatz der Stärksten untereinander. – „Meine Ehre ist meine Firma", sprachen noch die Unternehmer seiner eigenen Zeit. Ehre zu haben, konnte jetzt geschäftsschädigend sein.

Da kochte der Artillerieoffizier wieder hoch in ihm und er fragte Plato nach den Trompeten. – „Es haben nach dir schon Andere zum `letzten Gefecht' geblasen. Die gewannen ihre Schlachten wie du. Und rissen einiges weg, was ihnen im Weg schien. Sind aber letztlich doch gescheitert. Lass' dir anderes einfallen!" - Da stand er da wie ein begossener Pudel. Was sollte er bloß tun?

Er schaute sich an, was jene Gescheiterten verändert hatten. Und fand, es war in seinem Sinne. Nicht im Sinne der größten Unternehmen. Mit den Gescheiterten waren deren

Werke beiseite gelegt. Vom Besiegten lernt man nichts. Noch immer dachten so die meisten Menschen. Alle?

Er begriff: Es war alles schon einmal da gewesen - und doch ein kleines bisschen anders.

Dezember 2001

5. Märkisches Gespräch

Es wird sein eine Zeit, da ist alles mit allem verknüpft.

Der Junker empfing den Handwerksmeister wie seinesgleichen. Und dieser wunderte sich kein bisschen. Der Kaiser schien gehemmt, zögernd setzte er die Schritte, als wenn er gar nicht kommen wollte. Vor dem Essen wollte der Handwerksmeister den Junker schonen. Doch er freute sich, danach mit ihm wieder die Klingen zu kreuzen, wie weiland im Reichstag.

Der Kaiser sah das geheime Einverständnis der beiden Kontrahenten und fühlte sich klein vor der ihm unbegreiflichen Hassliebe beider. Er würde immer daran tragen, den Alten in die Wüste geschickt zu haben, ihn, den Macher des neuen Deutschland - ohne Österreich. Er schuf ihm einen schmählichen Abgang, weil er ihm nicht verzeihen konnte. Preußen zog nicht mit klingendem Spiel nach dem für Österreich verlorenem Krieg in Wien ein, nahm ihm nicht einmal Böhmen weg. Der Ministerpräsident setzte sich durch gegen König und Militär. Ein unerhörter Vorgang in Preußen. – „Es ist nicht leicht, unter einem solchen Kanzler König zu sein", soll der spätere erste deutsche Kaiser im kleinen Kreis gesagt haben. - Wilhelm wollte nie so sprechen und glaubte, die Demütigung des Vorfahren rächen zu müssen, als er den Alten schnöde entließ. – „Es ist schon eine Krux für den Monarchen, wenn er selbst nicht als Herrscher geeignet ist", sprach der Handwerksmeister August zu Wilhelm, dem Kaiser. „Da gab es einmal einen glücklosen deutschen König Konrad. Der empfahl, man solle doch den Herzog Heinrich zum König wählen. Heinrich war ganz überrascht. Beim Vogelstellen sollen ihn die Boten angetroffen haben. Doch Herzog Heinrich einigte tatsächlich die Franken, Schwaben, Sachsen, Bayern und Lothringer, schlug Magyaren und Slawen. Sein Sohn Otto war der erste deutsche Kaiser, die Ottonen herrschten von Rom bis Lübeck. Mancher deutsche Kaiser verbrachte mehr Lebensjahre in Palermo auf Sizilien als in Deutschland. Für Jahrhunderte war die Rhone Grenzfluss zu Frankreich. Von Heinrich und Otto lernt jedes Kind in der Schule. Die Selbstbescheidung Konrads ist vergessen. Schade." - Wilhelm stocherte ohne Geschmack in seinem Teller und erinnerte sich, dass der letzte König von Preußen ihm als Glücksfall geschildert, einen Menschen wie Bismarck gefunden und eingesetzt zu haben.

„Ich wollte damals Österreich nicht bestrafen, wie dein Großvater sich gefreut. Was unterschied uns denn von Österreich? Wir wollten doch beide dasselbe, eben nur jeder für sich selbst. Jeder hätte den Anderen nach seinem Siege noch gebraucht, gleichgültig, wer den Anderen aus Deutschland verdrängt." - Und August Bebel ergänzte seinen Reichskanzler: „Im deutschen Kulturraum wurden Gegner nie vollständig vernichtet oder vertrieben, wie es z. B Frankreich mit seinen Albingensern oder Hugenotten tat. Es würde die Deutschen ihrer Kraft berauben, wenn es je anders kommen sollte." - Nun konnte Wilhelm nicht mehr an sich halten. „Du sprichst für deinen Reichskanzler? Sagtest du nicht auch: Diesem System keinen Mann und keinen Groschen!" – „Wir sind die These und Antithese der alten Griechen. Nimm eines weg, und die Synthese ist gestorben. Wir sind Gegner. Und brauchen einander. Haben wir doch dasselbe Ziel." – „Habe ich nie gemerkt." - Da lächelten sich die Kontrahenten zu, ein wenig Mitleid flammte in beider Augen auf.

Er war halt ein Konrad, nur im Begreifen noch nicht so weit wie jener Schöpfer der Ottonen. – „Ich weiß ja, dass ich naiv bin gegen euch. Woran erkenne ich ein gleiches Ziel in eurem Handeln? Ein Zeichen brauche ich nur." – „Leicht wollen wir es dir aber nicht machen, Wilhelm. Ein Tipp: Wir kommen beide aus verschiedenen Ecken, arbeiten für das Wohl des Menschen. Bei welcher Sache, Wilhelm, kreuzten wir im Reichstag die Klingen nicht, besser, nur ganz wenig?" - Lange musste Wilhelm überlegen. Dann kam er darauf: Die Krankenkasse und Altersversorgung. Bismarck schlug sie vor. Bebel kritisierte sie als Stückwerk. – „Natürlich war das eine halbe Sache. Aber mehr war nicht machbar." - Während sie den Nachtisch löffelten, unterhielten sich die beiden Kontrahenten, wie heute die Sozialversicherung aussehen sollte. – „Das Pendel schlug wieder in deine Richtung, nachdem sich Liebknechts Erben in Kurzsichtigkeit verirrt", sagte August Bebel. – „Nun ziehen erst Finanzmärkte Profit, ehe sie zur Altersrente werden", sinnierte der Reichskanzler. „Versicherungen und Banken sind die Krupps des 21. Jahrhunderts. Nach den Mächtigen richtet sich die Zeit und die Politik."

Und Bebel schloss das Thema ab. „Ja, und weil auch meine und Liebknechts Erben lernen, wird es neue Mächtige geben. Denn: Es ist alles schon einmal da gewesen, nur – eben ein kleines bisschen anders. Das wird so bleiben."

Dezember 2001

6. Nach dem Essen

Es wird sein eine Zeit, da ist alles mit allem verknüpft.

Der Lärm des Streits in der Hauptstadt drang bis in die Altmark und störte die aufkommende Geruhsamkeit nach Tisch. Der Handwerksmeister lauschte ihm genauso wie der Junker, doch auch der Kaiser mochte nichts dazu sagen. War es doch seit Jahrtausenden so, dass der Sieger die Bauwerke des Unterlegenen schliff, daran erkannte man die Wahrheit, wenn sich der Sieger auch als Befreier gab. Warum also stand der Palast noch, wo doch im weiten Umkreis schon so viele harmlosere Zeugen einer vergangenen Zeit verschwunden?

„Es sollte mich freuen", sprach Wilhelm, der Kaiser, „dass mein Schloss wieder erstehen soll. Aber ich empfinde keine Freude. Preußen ist vergangen. Es passt nicht mehr." – „Es ist die Sehnsucht der Menschen nach Halt in einer Zeit, wo sie nach Halt suchen", sagte der Reichskanzler. „Das Pendel beginnt wieder auszuschlagen zur Sicherheit. Die Freiheit hat ihre hässliche Seite nun deutlich genug gezeigt." – „Keiner hat mehr darauf geachtet wie du, dass Freiheit nicht zu Rücksichtslosigkeit verkommt", warf der alte Sozialdemokrat ein. „Auf Ausgleich warst du stets bedacht, im Innern wie nach Außen." - Das ungewohnte Lob des alten Widersachers tat dem Reichskanzler gut. Er hatte das in seiner Amtszeit geschafft. Andere waren weniger im Glück gewesen.

König Georg von England war stolz auf seine dreizehn Kolonien in der Neuen Welt. Nachdem auch Neuwe Amsterdam im Handstreich erobert und umbenannt in New York, begannen sich die Kosten auszuzahlen. Nun, da die Siedler sich eingerichtet, waren Steuern zu erheben. Aber die Kolonisten wollten nicht und kippten Tee in den Bostoner Hafen. Auch die Siedlungsgrenze, von ihm gesetzt zum Indianerland, erregte ihren Unmut. Frei wollten sie sein, einen Traum leben, den amerikanischen.

Das war nicht neu. Die Wikinger lebten ihn. Jeder war gleich frei. Keine Autorität duldeten die freien Männer des wilden Nordens. Und sie besaßen so viel Eigentum, wie sie verteidigen konnten. Wer schwach war, besaß lieber keines. Also zogen die Schwächeren dieser freien Gesellschaft aus, sich anderswo Eigentum zu holen, verheerten die Küsten Europas, Nordafrikas, siedelten in Island, Grönland, Vinland. Nach hundert Jahren waren sie aufgesogen von den Völkern, die sie bekriegt. In Grönland starben sie aus, in Island kämpften sie so lange untereinander, bis sie Fremden nicht mehr wehren konnten. Dieses Schicksal wollte Georg seinen Siedlern ersparen. Wehre den Anfängen! König Georg schickte Truppen.

Doch die Welt hatte sich siebenhundert Jahre gedreht seit den Tagen der, ach so Freiheit liebenden Nordmänner. England hatte Feinde, Spanien, Frankreich, und Freiheitsstreben Unterdrückter in ganz Europa. England verlor seine besten Kolonien. Seine amerikanischen Siedler lebten ihren Freiheitstraum. Und mit der Unabhängigkeit fiel die Indianergrenze. Wie weiland bei den Wikingern wichen die jeweils Schwächeren aus, nur nicht über die Meere Europas, sondern in die Prärien Nordamerikas und schufen ihrerseits Kolonien. Dort lebten Indianer. Dieser Kampf war viel ungleicher als jener frühere der Wikinger. Sie waren auf fast gleichwertige Gegner gestoßen. Doch jetzt: Pfeil und Bogen gegen Schießpulver und Whisky. Das geraubte Land wurde Territorium. Zunächst sicherten unter den freien Kolonisten, so man eine Ordnung brauchte, Vigilantenkomitees das, was man sich als Ordnung gab.

Wilde Gesellen mit schwarzen Tüchern vor dem Gesicht, vollzogen Urteile, die zweifelhaft. Dann zeigte sich ein Sheriff offen. Schließlich wurde aus Kolonie und Territorium ein Staat. Zuletzt fünfzig statt dreizehn. Und seine Bürger zahlten Steuern.

Was hatte vorher König Georg anderes getan, gegen den man rebelliert? Wer hat gezahlt für den amerikanischen Traum der ungezügelten Freiheit? Die Freiheit des Einen hört da auf, wo die Freiheit des Anderen beginnt! Galt das auch für Indianer?

„Nein", sagte Bismarck, der Reichskanzler, „das ist kein Beispiel für Europa." - Und August Bebel, der Handwerksmeister ergänzte: „Die Freiheit, der Markt brauchen Grenzen, damit die Gesellschaft menschlich wird. Wer setzt sie?"

„Was soll nun auf dem Schlossplatz stehen in Berlin?" fragte Wilhelm, der Kaiser. „Mein Preußenschloss oder der Palazzo prozzo?" – „Eigentlich", sinnierte August Bebel, „gehören beide hin." – „Wie soll das gehen?" fragte Bismarck, der Pragmatiker. Fragen, nichts als Fragen wie so oft in Europas Geschichte. Renaissance in Europa. Eine Zeit, die Riesen brauchte und Riesen zeugte. Europa steht wieder kurz davor. Sind sie schon gezeugt, die Riesen, die Europa jetzt bräuchte?

Es ist alles schon einmal da gewesen, nur eben - ein kleines bisschen anders.

Januar 2002

7. Der Streit

Es wird sein eine Zeit, da ist alles mit allem verknüpft.

Sie trafen sich jenseits des Flusses Orkus der alten Römer, oder im Hades der alten Griechen - wer wollte die Namen zählen, die Menschen diesem Platz jenseits ihrer Vorstellungskraft gegeben haben. Das war auch nicht wichtig. An diesem Abend konnten sie nachdenken, befreit von der Last des tätigen Lebens, was war und was hätte sein können, der Kaiser, der Junker und der Handwerksmeister.

Der Kaiser spürte am meisten die Erleichterung. Er musste nicht den starken Mann markieren, der er doch gar nicht war. Wenn er sich dieser Pflicht gebeugt hatte, traf er doch nie das Maß, welches gerade gefordert war. Er war hinein geboren, schlechter daran als der Reichskanzler und der Oppositionsführer. Der Junker reifte zum Reichskanzler, der Handwerksmeister erarbeitete sich hart den Ruf, das Urbild eines Sozialdemokraten zu sein. Nun wollte Wilhelm, der Kaiser lernen, wozu ihm seine Lebenszeit keine Zeit gelassen hatte.

„Ich kenne keine Parteien mehr, habe ich einmal gesagt. War das so richtig?" - Er erwischte den Handwerksmeister August Bebel auf dem schlechten Fuß. - Doch zunächst fuhr der Reichskanzler auf. „Es hätte nie soweit kommen dürfen", polterte der alte Bismarck. „Mit unfähigen Politikern in diesen Krieg geschlittert, den ich stets zu vermeiden suchte. Mein Lebenswerk, Ausgleich der Kräfte nach innen und nach außen, dahin." – „Mag sein", fiel ihm der Sozialdemokrat ins Wort. „Aber für die Situation aus seiner Sicht das wahrscheinlich einzige Mal das richtige Wort." – „Du lobst ihn?" – „Nur dieses eine Mal", beschwichtigte ihn der alte Kontrahent. „Es hat meine Niederlage wesentlich herbei geführt." Jetzt widersprach er Bismarck. Ja, dilletantisch war Deutschland in den Krieg geschlittert - aber kommen musste dieser Krieg. Doch die Sozialdemokraten wollten aus ihm die Revolution machen. August Bebel verfluchte den Tag, als seine SPD den Kriegskrediten zustimmte. Die Sozialdemokraten in ganz Europa schauten auf ihre stärkste Partei. Würde es zum Kriege kommen, zum Krieg - und keiner geht hin? Das ganze 20. Jahrhundert hätte anders aussehen können. Und Liebknechts Nein am nächsten Tag - ach was, Theaterdonner, durchsetzen hätte er sich müssen zur Fraktionssitzung am Tag vorher. Die Messen waren gesungen.

Während der Sozialdemokrat so wetterte, genoss Wilhelm, der Kaiser, das bittersüße Lob aus seinem Munde. Mutig geworden, bestärkt in erwachenden Selbstvertrauen, das ihm früher so gefehlt, fiel er im glatt in die Rede: „Und wenn ihr Sozis, zu Vaterlandsverrätern geworden..., was wäre geschehen nach eurer Revolution?"

Sie funkelten sich an. Das war keine von ihm gewohnte großmäulige Rede, da war der von seinem Gottesgnadentum überzeugte Monarch des alten Preußens wach geworden, der Sendungsbewusstsein zum Führen seines Volkes in sich trug und dem Rebellen gegenüber stand, der seinem Willen zum Heil des Volkes hindern wollte - im Wege war.

Der Sozialdemokrat begriff: Er war zu weit gegangen. Man eifere nicht, man wäge kühl ab, wenn es um Lebensfragen geht. Also - zu Wilhelms Frage: Was tat Lenin, nachdem seine Revolution gesiegt? Er ließ den Markt zu in Russland 1920 mit der Neuen Ökonomischen Politik. Er bat die Menschen um Verständnis, dass Kapitalisten, kontrolliert von der Partei, die sich damals noch ihrer sozialdemokratischen Wurzel bewusst war, die Wirtschaft voran brächten nach Krieg und Revolution. Es gehe nicht ohne dem. - Lenin lernte in der Praxis. Dazu die Gedanken über Freiheit der Rosa Luxemburg, die ja durchaus nicht immer mit Lenin einer Meinung war. Auch er, Bebel selbst, hatte ja mit dem alten Marx im fernen London immer ein Problem, wenn es um dessen Rat für die Praxis ging. Nie gab es in Wahrheit die 'reine Lehre'. Nur international, auf der ganzen Welt könne sich durchsetzen, was er da erforscht. - In diesem Sinne hätten ja heute Mitterand und Kohl, als Motoren für ein einiges Europa, vielleicht mehr im Marxschen Geist geleistet als Lenin oder Ulbricht? Und ist denn nicht gleich, wer es tut, wenn es nur der Notwendigkeit entspricht?

Nun schauten alle drei ratlos. Unsicherer als je zuvor dachte jeder an sein eigenes, ach so verschiedenes Weltbild, das früher so klar und einfach schien. – „Es fehlt einer wie du", sprach der Sozialdemokrat zum Reichskanzler, mit dem er eigentlich die Klinge kreuzen wollte. „Widersprüchliches muss sich mengen. Aus These und Antithese der alten Griechen zur Synthese. Was immer auch das bedeutet in der Praxis. Das gab es doch schon oft. Und du konntest das am besten."

Sie konnten ihr Problem heute nicht lösen, nur benennen. Das ist auch schon da gewesen, nur - ein kleines bisschen anders. Januar 2002

8. Der Widerruf

Es wird sein eine Zeit, da ist alles mit allem verknüpft.

Was den alten Physiker in seiner Ruhe aufgeschreckt, wusste er nicht sogleich zu deuten. Er spürte nur, dass es ihn an seine Auseinandersetzung mit der hochlöblichen Inquisition erinnerte. Nie wäre er darauf gekommen, dass ihm eine solche je entstehen könne. War er doch stets ein gläubiger Katholik und lebte nur für seine Forschung. Plötzlich sollte er Gott gelästert haben und wusste nichts davon. Ein Schock war das für ihn.

Für seine jetzigen Kollegen begann das ähnlich. Er verstand sie gut. Und er ging noch einmal seine Gedanken durch, bevor er widerrufen hatte - wider besseren Wissens. Mit dem Fernrohr sah er: Da war ein Planet am Himmel, um den sich andere Körper drehten. Ein anderer Planet zeigte ihm Phasen, wie man sie bis jetzt nur beim Mond gesehen. Er dachte nach und fand es erklärbar. Alles war logisch, die Erde kreiste um die Sonne, nicht die Sonne um die Erde. - Aber das konnte nicht sein, nach den Lehren der Bibel seien Gott, der Mensch, die Erde der Mittelpunkt der Welt, drang der Inquisitor in ihn. Er musste sich irren. Bevor er Gott lästere, möge er widerrufen. - Er mochte nicht widerrufen. Das war doch sinnlos. Jeder würde bald sehen können, was er gesehen, wenn nur genügend Fernrohre gebaut sind. Denken kann auch jeder Mensch. Also war der Irrtum bisher gewesen, der Pater war ihm aufgesessen - nur - der Pater wusste sich im Einklang mit allen Menschen bisher. - Aber auch mit seinem Wissen - Gott blieb doch Mittelpunkt der Welt - was liegt an der Erde, was liegt am Menschen? Gott schuf den Menschen nach seinem Bilde. Also ist die Logik des Menschen von Gott. Gott ist allmächtig, was ich erkenne, gestattet er mir zu erkennen. Vor Gott muss ich nicht Angst haben, wenn ich sage, dass sich die Erde um die Sonne dreht. Aber der Pater droht mir mit peinlicher Befragung. Er zeigte mir die Instrumente. Ich will noch leben, gut leben. Warum soll ich mich anlegen mit dem Pater? Bald sieht sowieso jeder, das es so ist, wie er, Galileo Galilei es sah. Was der Mensch erforscht, soll er auch anwenden.

Kollege Edison erfand den Blitzableiter. Es wäre Frevel gewesen, ihn nicht auf die Kirche zu montieren. - Doch viele Menschen wollten wissen, die Kirche stände unter Gottes Schutz, der Blitzableiter ist der Frevel - er greift in Gottes Willen ein. - Doch wer so denkt, verfängt sich im eigenen Fallstrick - wäre es so, ist Gott nicht allmächtig. Nein, es ist nicht Gott, der uns zuredet, etwas nicht wissen zu wollen, etwas nicht zu tun, es ist die eigene, kleine menschliche Angst, zu versagen. Der Verantwortung ausweichen, die mit dem Wissen und Können auf den Menschen kommt - eine trügerische Hoffnung. Ob Faustkeil, Axt, Messer, Elektrizität oder Genforschung, der Verantwortung muss sich der Mensch schon selber stellen, er kann sie nicht bei Gott belassen, wenn Gott sie dem Menschen übertragen will. Das tat er wohl ganz offensichtlich - bei ihm selbst, bei Edison und allen Kollegen der Gelehrsamkeit immer wieder.

Da saß er vor dem Pater und der Wahl zwischen zwei Sünden. Er widerrief, das war die Unwahrheit, eine Lüge. Er widerrief nicht, das war der Flammentod - eigentlich Selbstmord. Auch das eine Sünde. Er wog ab, welche Sünde in seinem Fall vor Gott verzeihlich war.

Seine heutigen Kollegen hatten es nicht leichter als er. Ihre Paters, ihre Inquisition trugen andere Gesichter, sprachen

andere Worte. Und trotzdem war all das schon da gewesen, nur - ein kleines bisschen anders.   Januar 2002

9. Reformation

Es wird sein eine Zeit, da ist alles mit allem verknüpft.

Sie trafen sich an einem Ort, den die alten Griechen Hades, die heutigen Deutschen Totenreich nennen würden. Der Anlass war die Zeit, die sie erlauschten und sie fanden, es wäre gut, sich auszutauschen.

Zunächst ergingen sie sich in Komplimenten. „Du hattest schon Mut, den Flammentod auf dem Konzil in Konstanz zu riskieren", lobte der Nachgeborene, hob das Glas und trank ihm zu. - Der gab Bescheid. „Du trafst es besser mit deinem Sachsenherzog Friedrich. Mit List und Tücke verschaffte er dir freies Geleit nach Worms und zurück vom Reichstag. Mein Kaiser Sigmund fiel um vor den reformunwilligen Papisten. Ich musste es büßen." – „Dein Pech war, Jan, du kamst zu früh mit unseren Ideen. Deine Erben konnten höchstens rächen, ihr ganzer Heldenmut hat nichts gebracht als Leid für die Heimgesuchten und für sie selbst. Am Ende besiegelte ein Bruderkrieg das Schicksal der im Römischem Reich so gefürchteten Hussiten." – „Wie kann man selber wissen, Bruder Martin, ob man zu früh ist in seiner Zeit. Das können nur die Nachgeborenen beurteilen. Du bist es mir. Du hattest den Erfolg. Du bautest auch auf dem, was ich und meine Nachfolger bewegt. Blieben sie zunächst auch auf der Strecke." – „Auch mein Erfolg, wie du es nennst, war nur ein halber. Nicht spalten, was mein Ergebnis war, vollständig reformieren wollte ich die päpstliche Kirche, die weit vom Volk entfernt auf Pfründen saß, näher dem Genuss, der Macht als Gott." – „Äußerlichkeiten, Martin, auch die sich dann Katholiken nannten im Gegensatz zu deinen Erben, auch sie veränderten sich, um weiter zu existieren. Sieh dir Mohammeds Erben heute an. Sie sind siebenhundert Jahre jünger, verglichen mit unserer Wurzel. Ihnen fehlt, was wir vollbracht. Warum es so ist, vermag ich nicht zu sagen." – „Steht uns als Außenstehende wohl auch nicht zu. Wir können aber schauen, warum uns gelang, was die Nachkommen der Sarazenen noch vor sich zu haben scheinen." – „Da denke ich an mein Prag, die erste Universität im Reich, gegliedert nach 'Nationen', ein Wort, das später ganz anders verwendet wurde, als wir es taten, um den Schmelztiegel zu ordnen, der im Osten des Römischen Reiches deutscher Nation entstanden war."

So hingen Jan Huß und Martin Luther noch eine Weile ihren Gedanken nach. Sie ergingen sich darüber, wie aus dem Reich immer die besten und fähigsten Menschen über die alte Grenze gingen, die sich vom Burgenland der Alpen über den Böhmerwald, Saale und Elbe nach Norden zog, nach Osten gingen sie, vermischten sich mit den Hiesigen und seit den Zeiten des Jan Huß gab dies Völkergemisch die Impulse im ganzen Kulturraum Mitteleuropas. Wie dieses Zentrum von Böhmen über Sachsen nach Brandenburg wanderte, schließlich in Konflikt mit Österreich geriet und auseinander riss im Nord-Süd-Konflikt des neunzehnten Jahrhunderts, was eigentlich zusammen gehört. Und wie er sich wieder wandelte in den Ost-West-Konflikt des zwanzigsten Jahrhunderts, wie er schon immer von 1100 - 1800 mehr oder weniger bestand. Plötzlich wurde ihnen bewusst, wie gefährlich einfach sie jetzt die Dinge sahen. – „Waren Marx und Engels nicht 'Wessis`, die den Anstoß zu diesem DDR-Experiment gaben?" – „Und hat der 'Westimport' des Dachdeckers aus dem Saarland nicht das Erbe des Leipziger Spitzbarts verspielt?" - Sie sahen auf die Flaschen, die sie unter dem Tisch gereiht, lachten, und nahmen sich gleich nicht mehr so wichtig.

Doch eines verstanden sie und wussten tief im Herzen ganz genau: Es war alles schon einmal da gewesen, nur eben - ein kleines bisschen anders.

Januar 2002

10. Tora Bora

Es wird sein eine Zeit, da ist alles mit allem verknüpft.

Der Mann auf der Pritsche fieberte. Er hätte schon lange aus der Höhle heraus müssen, aber starrsinnig weigerte er sich. Nun war es zu spät.

Ein Berg erschien in seinen Fieberträumen, ein Mann darauf mit ewig langem Bart, ein Knabe, ein Lamm, ein Tisch. Der Mann schien zu erkennen. „Oh, Abraham, hilf mir! Rate mir, was ist zu tun?" – „Wie soll ich dir helfen, kranker Mann? Meine Zeit ist nicht die deine. Störe mich nicht bei meinem Opfer für den Herrn." - Aber der Kranke ließ ihm die Ruhe nicht. Er sei doch zurück gekehrt zum Herrn aus dieser gotteslästerlichen Gegenwart. Nun traf er ihn, den Stammvater der Juden, Christen, Muselmanen, von allen gleich verehrt. Er müsse ihm doch sagen können, ob er denn nun wieder bei der reinen Lehre angekommen sei, in seinen Taten für den Islam, für Allah, für Gott.

Da erkannte Abraham die geistige Not des Mannes, die größer war, als er am Körper sah. Und langsam sprach er von anderen, die auch zurück gewollt an die Wurzeln. Er erzählte von einer frühen Christengemeinde, die alles aus ihrem Leben verbannte, was Sünde sei. Selbst die von Gott erlaubte sinnliche Freude zur Fortpflanzung lehnten sie als Erbsünde ab und taten sie nicht mehr. Ihnen geschah, so sprach Abraham, das beste, was ihnen im Sinne aller anderen Menschen geschehen konnte: Sie starben aus. Andere, die auch nach der 'reinen Lehre' strebten, trafen es schlimmer, wurden zu Mördern an ihren Völkern, oder an anderen, meist an beiden. Die 'reine Lehre': Stalin in Russland hatte eine solche im Sinn, oder Pol Pot in

Kambodscha. Dabei waren auch diese einmal angetreten, allein das Böse zu vernichten. Doch was ist böse, was gut? Entscheidet oft nicht Blickwinkel und Ziel, ob dieselbe Sache gut oder böse ist? Ying und Yang nennen es besser die Chinesen, sind immer in der Welt, deshalb bewegt sie sich. „Sieh' her", sprach Abraham eindringlich. „Gekommen bin ich, meinen Sohn Isaak dem Herrn zu opfern. Wenn ich gehe, werde ich das Lamm geopfert haben. Mein Sohn Isaak aber wird leben. Willst du mich des Verrats an der reinen Lehre bezichtigen?" Und Abraham sprach weiter, wie ihm graust zu sehen, was im Namen der 'reinen Lehre' geschieht. „Du lässt die Schariah wieder gelten, mein eigen Volk will in seinem 'Gelobten Land' wieder siedeln, aus dem es vor zweitausend Jahren vertrieben und sich ausdehnen auf Kosten der jetzt dort Lebenden. Ich opfere das Lamm und nicht den Sohn. Der Herr will nicht, dass alles erstarre, sonst wären nicht These und Antithese in der Welt und der Mensch muss selber denken und entscheiden. Schiebe deine Feigheit zur Verantwortung nicht auf den Herrn! Du bist der Sünder, willst seine Weisheit nicht erkennen. Dann erlebe den Erfolg, den dir der Herr beschert. Und nun störe mich nicht mehr in meinem Handeln!"

Das Bild entschwand dem Fiebernden. Er wusste wieder, dass die Wände seiner Bergfestung schwankten unter den berstenden Bomben der Gottlosen, die den knappen Sauerstoff aus seiner Höhle saugten, wenn auch die Wände hielten, wieder und wieder. Dabei wollte er doch nur zurück zu Mohammed, dem Propheten. Er begriff: Er hatte geirrt. Er wusste nun auch, er war lange nicht der erste oder einzigste.

Es war alles schon mal da gewesen - nur immer wieder ein kleines bisschen anders.   Januar 2002

11. Das Labyrinth

Es wird sein eine Zeit, da ist alles mit allem verknüpft.

Dies war sein Tag gewesen. Lange hatte er schon in dieser Funktion gearbeitet. Jetzt war er ernannt und offiziell eingeführt: Leiter Europa des Weltkonzerns. Wie viele Praktika und Lehrgänge waren dem voraus gegangen, natürlich die meisten „in den Staaten". Nach Reden, Sekt und Abschlussparty jetzt ein Griff zum Buch. Harry Potter hatte ihm da sein Sohn auf den Nachttisch gelegt. Der Scherzvogel. Aber warum nicht drei Seiten Märchen lesen nach einem märchenhaften Tag. Bald flimmerten die Buchstaben märchenhaft vor seinen Augen...

Die Männer vor ihm sahen aus wie Richter und sie fragten ihn auch so. Und wie unter Zwang gab er ihnen Auskunft, was sie doch gar nichts anging. – „Wir fassen zusammen: Sie schätzen ihr Einkommen auf das Hundertfache eines durchschnittlichen Mitarbeiters ihrer Firma. Sie besitzen ein Landhaus in der Lüneburger Heide, eine Finca auf Mallorca, eine Südstaaten-Ranch in Florida, eine Yacht in Kiel. Ihr Privat-Jet ist jetzt meist in Berlin, wo sie ihre Hauptwohnung am Firmensitz haben." Dann ergingen sich die Herren in Zahlen. Er verstand, sie untersuchten seinen privaten Besitz, als seien es Investitionen einer Firma, Nutzungsdauer, Auslastungsgrad, Rentabilität für den geplanten Zweck - aber das ist doch nicht vergleichbar. Natürlich ist das zu 90% ungenutzt. Aber schließlich müsse er doch repräsentieren, sei es der Firma, seinem gesellschaftlichen Rang und sich selbst schuldig. – „Wir sind nicht gehalten, ihre Normen anzuwenden", wies man seine Einwände zurück.

Dann befragte der Vorsitzende Andere im Saal, wie sie ihre Einkünfte verwendeten. Ein Jacob Fugger berichtete über mehrere Siedlungen in süddeutschen Städten für seine Arbeiter. Eine Barbara Utmann erzählte, wie sie Manufakturen und Verlage gründete, in denen die nach dem Ende des Silberbergbaus im Erzgebirge arm gewordenen sächsischen Bergknappen neue Beschäftigung und Brot im Posamentengewerbe fanden. Carl Zeiss und Ernst Abbe sprachen davon, dass sie besonders die Ausbildung ihrer Arbeiter im Auge hatten. Viele im Saal traten so auf. Doch die meisten verwiesen wie er selbst nur auf Dinge für den „repräsentativen Bedarf", wie es die Richter wegwerfend bezeichneten. Einer musste mehr erzählen. Als Beruf hatte er „Pharao" angegeben.

Bei seiner Thronbesteigung führten ihn die Priester durch das Labyrinth des alten Ägypten und zeigten ihm den ungeheuren Goldschatz des Reiches. Der Pharao fragte, was die Priester tun, wenn der Nil steige, sein Wasser ist nicht weit weg. Sie wussten zu antworten. Was ist zu tun, wenn der Feind sich nähert? Sie wussten die Antwort. Was tut ihr, wenn der Pharao den Schatz braucht? Die Priester standen verständnislos. Das sei noch nicht vorgekommen. Das gehe auch gar nicht. Wenn der Schatz nicht mehr da sei, wer brauche sie dann noch? - Er ahnte, er hatte es mit Fanatikern zu tun. Aufrütteln musste er sie. Er hielt ihnen vor: „Priester, sechs Jahre Missernten in Ägypten. Mein Heer ist jämmerlich, meine Bauern sind es auch. Ich will einen Sonntag einführen, damit meine Bauern sich erholen können, mein Heer braucht Geld für Waffen, um den Feind zu schlagen." - Die Priester mochten ihn wohl gar nicht verstehen. „Wir bewahren den Schatz, für jeden Herrscher." - Der Pharao steigerte sich in Erregung. „Aber ein solcher Schatz kann doch nicht nutzlos liegen", fuhr er sie an. - Die Priester schwiegen. - Er hatte sie immer bewundert, die Priester, die politische Klasse seines Landes. Wie klug sie waren, wie sie mit den Menschen sprachen, sie für sich einnahmen. Doch sie hatten abgehoben von diesem Land, von den Problemen seiner Menschen. Er begriff: Sie wussten, dass man sie eigentlich nicht wirklich brauchte. Jeder Fellache konnte an ihre Stelle treten. Das fürchteten sie: Den Verlust ihrer Pfründe. Darum sprachen sie immer orakelhaft. Deshalb waren die Gesetze, die sie machten, so verworren. Sie setzten Bürokratie als Wall gegen die einfache klare Logik des gesunden Menschenverstandes. Der Pharao schaute den Priester an, der ihn führte. Der schien seine Gedanken zu lesen. - Beim Verlassen des Labyrinths erlitt der Pharao einen Unfall. Die Priester machten eine wunderschöne Mumie aus ihm, die Totenfeier war prächtig, seine Pyramide eine der größten. Doch Ägypten erhielt seinen Sonntag. Der nächste Pharao stellte es schlauer an.

Der Pharao verschwand. Alle anderen verschwanden auf geheimnisvolle Weise. Plötzlich stand er, der neu ernannte Leiter Europa des Weltkonzerns, allein vor dem Tribunal, dass er als solches endlich begriff. - Der Vorsitzende sprach: „Ihr Urteil: Völliger geschäftlicher Misserfolg ihrer Firma im Laufe der nächsten Jahre. Begründung: Fehlendes Geld der kleinen Leute für den Kreislauf des Kapitals im Markt durch Vergeudung für 'repräsentative Zwecke' der leitenden Manager. Vollzug: Mangelnde Kaufkraft ihrer Kunden lässt die Gewinne stürzen und schließlich Verluste einfahren." - Er schluckte: „Was soll ich tun?" – „Sie können nichts mehr tun. Dies ist das 'Jüngste Gericht für Unternehmer'. Ihre Chance ist vertan. Sie können gehen." – „Ich bin - frei?" – „Natürlich. Nach den Gesetzen ihres Rechtsstaates haben sie kein Verbrechen begangen. Dies ist kein Menschengericht." Der Richter sprach weiter. Wie im Nebel. Wie im Nebel lag jetzt

auch dieser Saal, die Geschworenen vor ihm. Und er begriff den Traum, riss sich heraus und wachte schweißgebadet auf.

Verdammtes Märchenbuch. Bringt alles durcheinander.
Groß und deutlich sah er vor sich das Labyrinth mit dem
Goldschatz, die Bauern Ägyptens, die Priester, den ersten
und den zweiten Pharao. Wo stehe ich?

Es ist alles schon einmal da gewesen - nur ein kleines bisschen anders. Muss das so bleiben?

Januar 2002

12. Das Computerspiel

Es wird sein eine Zeit, da ist alles mit allem verknüpft.

Neptun hatte geladen. Und die Seehelden aus den unterschiedlichsten Zeiten kamen. Drei Tage schon rauschte die Orgie auf dem überdimensionierten Schilfboot der Sumererzeit, umringt von den unterschiedlichsten Schiffstypen aller Zeiten und Länder. Aber was sind schon drei Tage in dieser Ewigkeit, und dennoch, die ersten Helden waren der Nixen, Elfen und Inselschönheiten überdrüssig. Abseits des Schilfbootes dümpelte ein Kreuzfahrtschiff des zwanzigsten Jahrhunderts. Hierher zogen sich die müden Seefahrer zurück. Die elegante Kühle dieser Zeit vermochte die quirligen Nixen nicht zu locken, sie flirteten lieber in Einbäumen und Wikingerbooten - Seeromantik, in der sich spuken ließ. In der Bar eines solchen Kreuzfahrers saßen sich zwei Männer gegenüber, die sich im Leben nie begegnet, obwohl sie fast Zeitgenossen waren.

Der Tanzlärm vom Schilfboot drang nur manchmal mit schrillen Synkopen herüber. Hier flackerten die Lichter der einarmigen Banditen aus dem angrenzenden Spielsaal in die Bar, flimmerten die Bildschirme von den Demo-Spielen und ab und an hörte man das Abfeuern von Science-Fiction-Waffen oder auch Kanonendonner ihrer Lebenszeit. Der Geschützlärm ließ die Männer aufmerksam werden. Unwillkürlich schauten sie auf diesen Bildschirm. Zwei Schiffe ihrer Zeit beschossen sich dort. Eines trug die schwarze Piratenflagge. Die Segel des anderen zerrissen, eine weiße Fahne zeigte sich plötzlich. Das Totenkopfschiff kam langsam näher, schwupp, der Alkohol verschwand aus dem Laderaum des weiß beflaggten. Beide Schiffe entfernten sich wieder voneinander.

„Dies ist unsere Zeit, die dort nachgestellt wird, Vasco. Schauen wir uns das an." - Sie stiegen vom Hocker, nahmen ihre Gläser mit und schlenderten hinüber. Der spanische Konquistador, der seiner Krone das Inkareich eroberte und der portugiesische Seefahrer, der sich arm fühlte, als er seine europäischen Waren auf dem Markt des indischen Kalicut ausbreitete, ließen sich das Spiel erklären und demonstrieren. Der Auftrag schien aus dem Munde ihrer Könige zu kommen. „Entdecke und besiedele die unbekannte Welt. Baue deine Stadt aus zu größtmöglichem Prunk und Stärke. Führe seine Bewohner über die Stufen Pioniere, Siedler, Bürger, Kaufleute zu Aristokraten. Sorge für eine positive Bilanz, damit auch dein König und Mutterland Nutzen daraus ziehe!" - Vier Konkurrenten landeten, gründeten Kontore, bauten Märkte und Werkstätten, erkundeten Inseln und gründeten Plantagen, handelten untereinander und mit Eingeborenen - bis ihre Städte nicht mehr wuchsen. Da entbrannte Krieg unter den Vieren. Nachdem die Flotte des Feindes versenkt, seine Werft zerstört, landete man auf seinen Inseln, zerschoss die feindliche Stadt und funktionierte sein Land um zum Rohstofflieferanten. Schließlich gab es nur noch eine große Stadt, wo fast ausschließlich Aristokraten lebten. Die Überlebenden der anderen Städte kamen nicht mehr über den Siedlerstatus hinaus. Festgefügte Handelswege - aber das war nicht mehr Handel, auch wenn der Name blieb. Volle Schiffe entluden im Hafen der prächtigen Hauptstadt, leer fuhren sie zurück zu den Rohstoffländern. Starr war das Spiel geworden. Nur ab und zu tauchte ein Pirat auf. Doch gegen die jetzigen Schiffe hatte er keine Chance mehr. Der Pirat versank, das große Kriegsschiff schleppte sich zur Werft, besserte seine Schäden aus und reihte sich wieder ein in die Rohstoffe transportierende Flotte. Nadelstiche, mehr konnten die Benachteiligten der Entwicklung nicht mehr tun.

„Und nun?" fragte Francisco Pizzaro, der das Inkareich für Spanien eroberte. „Wie geht es weiter?" – „Es kann nicht weiter gehen in diesem Spiel", antwortete Vasco da Gama. „Die Schöpfer des Spiels kennen nur den Zustand des zwanzigsten Jahrhunderts." - Unversehens unterhielten sich die beiden, warum sie damals erfolgreich waren. Pizzaro hatte mit List und überlegener Waffengewalt ein riesiges Reich erobert und ließ Gold nach Spanien fließen. Die Portugiesen eroberten kaum. Sie verkauften Waffen im reichen Indien, dem sie anderes nicht bieten konnten. Waffen gegen Gewürze und Land. Bis ein dritter kam, der in ihrer sorglosen Zeit noch bessere Waffen baute und damit Spaniern wie Portugiesen die Kolonien raubte. So erblickten sie vor sich auf dem Bildschirm das Gleichnis des britischen Empire von 1850 oder des reichen Nordens und des armen Südens vom Jahr 2000. Beide hatten sie erlebt: Dieser Süden war nicht arm oder faul. Noch 1800 war China das reichste und wohlhabendste Land der Erde gewesen. Das britische Empire, dem ihre Staaten unterlegen, ging mit List, sprich Opium, und Kanonenbooten gegen den Staat vor, der das Schießpulver zwar erfunden, aber nicht als Waffe nutzte und zwang es als letztes in die Knie.

„In diesem Spiel stört es die Figuren nicht, Siedler zu bleiben, wo anderswo fast alle als Aristokraten leben", sprach Vasco da Gama zu Pizzaro. – „Ja", antwortete dieser. „Ich weiß, wie die Menschen des Südens, die wir damals unterwarfen, arbeiten und kämpfen können. Waffengleichheit lässt sich herstellen. Danach werden sie kämpfen, wenn dieser Handel so bleibt." - Beide schwiegen, betroffen von bösen Ahnungen. Bis der Händler Vasco fragte: „Muss es denn immer wieder zu Kriegen kommen? Geht es nicht anders? Spielen wir das Spiel doch weiter.

Tauschen wir wirklich aus zwischen Nord und Süd und handeln nicht nur in eine Richtung. Keine 'Entwicklungshilfe'! Setzen wir faire, nicht erzwungene Preise." – „Das wird das Computerprogramm nicht hergeben." – „Unterschätze diese Menschen des zwanzigsten Jahrhunderts nicht. Vieles bedenken deren Wissenschaftler schon, finden nur keine Lobby in der praktischen Politik. Vielleicht steckt eine Lösung auch schon in diesem Spiel."

Nach kurzem Zögern setzten sie sich an die Konsole und änderten die Bedingungen. Und freuten sich riesig, als erste Bürger in den armen Siedlerstädten auftauchten. Würde die große Stadt darunter leiden?

Dies war nur ein Spiel. Während Vasco da Gama mit Feuereifer bei der Sache war, dachte Pizzaro einen weiten Bogen. Die Zentren der Macht in der Welt wechselten stets. War es von Bedeutung für die einfachen Menschen? Welchen Vorteil hatten englische Arbeiter im neunzehnten Jahrhundert von der Macht des englischen Empire? Es musste noch viel bedacht werden bis auch Chinesen so Auto fahren wie Europäer oder Nordamerikaner. Vielleicht geht mobil sein auch ganz anders? Und China macht uns das eines Tages vor!

Es ist doch alles schon einmal da gewesen - aber immer wieder etwas anders. Muss es immer wieder ähnlich kommen?

Februar 2002

13. Ein Ziel?

Es wird sein eine Zeit, da ist alles mit allem verknüpft.

Nachts um zwei fand er endlich Abstand und Ruhe. Beim Zähneputzen wurde ihm bewusst, wie wohltuend die Abwesenheit von Personenschützern sein konnte. Nun war er vorüber, der erste Tag unter seiner Leitung. Er glaubte, von sich sagen zu können, dass er einen guten Präsidenten abgab. Das war nicht selbstverständlich. Gerade erst im eigenen Land gewählt, „Greenhorn" unter den europäischen Regierungschefs und schon Chef der Verhandlungen. Der Turnus nahm keine Rücksicht, ob einer neu oder alt war in dieser Funktion. Er hatte Erfahrung im Umgang mit anderen Machtmenschen. Denn das waren sie alle. Nur solche kamen nach oben, wenn prinzipiell jeder nach oben kommen konnte. Er war stolz auf die Demokratie, die ihm das ermöglicht, stolz auf sich, dass gerade er es geschafft hatte. Jetzt noch drei Seiten lesen zum besseren Einschlafen. Was hatten sie zu Hause dafür eingepackt? „Plato - der Staat", „Marc Aurel - ein Filosof als römischer Kaiser", „Machiavelli - Der Fürst" - wollten die ihn veralbern? Leicht ärgerlich zog er die Nachttischlade auf – „Das Neue Testament" - nein, plötzlich haben alle etwas gegen ihn. Fast wütend drehte er sich zur Wand - war trotzdem ganz schnell eingeschlafen.

„Warum beachtest du uns nicht?" - Volltönend klang die Stimme durch den kahlen, dunklen Raum. - „Wohin willst du mit deinem Staat?" - Das klang bestimmt, sachlich. - Die Dunkelheit wich. Eine Tischreihe vor ihm saßen Menschen, die Antworten von ihm forderten. - Er verstand nicht recht. „Was heißt, wohin? Wir sind ein freies Land von freien Bürgern, die sind mündig und wissen, wohin sie gehen wollen. Ich moderiere, wenn Konflikte auftreten.

Der Staat bevormundet seine Bürger nicht. Auch ich nicht." – „Nach welchen Kriterien wählst du deine Minister aus?" - Warum antwortete er eigentlich? Aber er hörte sich schon sprechen. „Die mir Weggefährten waren, bedenke ich mit dem Amt. Die Verlässlichsten und Besten stehen voran." – „Wie entscheidest du Konflikte?" – „Ich höre und entscheide nach Gewicht der Kontrahenten für das Land." So hatte er es erlebt von seinen Vorgängern, gelernt bei seinen Studien, erfahren beim Aufstieg zur Macht - er war erfolgreich, also war es richtig so. Was wollten die da in ihren vielen Trachten, vom Umhang der alten Griechen bis zum Papstornat? - Sie gaben sich Zeichen. „Bestätigt?" fragte in römischer Toga der in der Mitte. Manche nickten, andere schauten ihn kühl interessiert an.

„Ich bin der Vorsitzende dieser Prüfungskommission. Mein Name ist Marc Aurel, Filosof und römischer Kaiser. Für deine Regierungstätigkeit erhältst du Ungenügend. Begründung: Zum ersten hat deine Regierung kein Ziel. Was bei euch an Zielen verkündet wird, sind Tagesaufgaben. Und selbst deren Lösung bleibt ihr den Menschen schuldig. Zum zweiten habt ihr die Demokratie zur Anarchie eurer Fürsten, besser Konzerne, verkommen lassen. Die Rede von der freien Marktwirtschaft, in die der Staat nicht eingreifen dürfe, dient nur der Ausprägung eines grenzenlosen Egoismus eurer so genannten 'Global Player' auf Kosten aller übrigen Menschen. Nicht einmal deren praktischer Tendenz, im eigenen Land die Äste abzusägen, auf denen sie sitzen, tretet ihr entgegen. Zum letzten warnst du davor, eingespielte Zustände zu verändern. Man wisse nicht, ob Neues nicht schlechter als Gewachsenes sei. Wer so denkt und redet, kann Besseres nicht erkennen, also auch nicht fördern und betreiben. Die Schlussfolgerung wäre, dich mit der nächsten Wahl ab zu wählen.

Doch deine Konkurrenten sind nicht besser. Das ist in Deutschland leider so, seit Kaiser Wilhelm seinen Reichskanzler Bismarck in die Wüste schickte. Er eröffnete den Reigen deutscher Regenten, die nichts taugten. Also: Nachsitzen! Als erstes lies Engels 'Vom Ursprung der Familie, des Privateigentums und des Staates'. Dann sehen wir weiter."

Das war arg. Erst eine Sechs, dann noch von Kommunisten lernen? – „Ach ja", lachte Marc Aurel. „Wie konnte ich vergessen, welche Kleingeister die Regierenden von heute sind. Wie alle anderen Filosofen nach Aristoteles, hat jeder nur das bis dahin Gefundene für seine Zeit neu aufgeschrieben. Auch ich. Auch Filosofen, die ihr Kommunisten nennt. Ihr habt keine neuen Probleme. Ich führte Rom, ihr wollt wieder Rom werden, nennt es Europäische Union. Wir hatten die Hunnen und Germanen als Problem, ihr die dritte Welt. Ihr hängt fest in eurem Bürokraten- und Gesetzesdschungel, eure Minister wählt ihr nach Partei, nicht nach Können, in Rom war das nicht anders. Schaut endlich über den Tellerrand. Sonst geht es euch wie Rom." Und er legte weitere Parallelen zwischen der Zeit des Marc Aurel und der Zeit des Prüflings. „Die Westgoten haben Rom erobert. Das wollten sie gar nicht. Sie wollten nur siedeln auf römischem Gebiet, selber Römer werden. Rom machte sie zu Gegnern, brachte sich den Untergang. Schaut vor eure Haustür. Israel kann die Palästinenser nicht besiegen. Israel muss Arbeit schaffen für Palästinenser. Es ist das reichere Gemeinwesen, hat Eigentum. Und Eigentum verpflichtet. Völker wollen leben, langsam immer etwas besser leben. Wer das hindert, verliert immer, bringt Tod und Verderben." - Ihm wurde schwarz vor Augen. Gewogen und zu leicht, zu klein befunden. Dunkelheit um ihn.

Aber das war die Dunkelheit eines Hotelzimmers. Ein Traum - erlöste ihn die Erkenntnis. Doch sie erlöste nicht. Seltsam, er erinnerte sich der langen Rede des Marc Aurel. Nach Engels solle er Machiavelli lesen und die Bergpredigt des Jesus Christus. Und August Bebel nicht vergessen, den Stammvater seiner Partei. Wenigstens den Namen hatte er noch gekannt. Und über Freiheit sprach er lang, der Marc Aurel. Kaiser brauchten Bauern nie zu fürchten, sind ihre natürlichen Verbündeten gegen die, die sich die Ersten nach ihm nannten. Bauern müssen frei sein, den Staat lieben können. Aber Vorsicht vor den Fürsten, sagte er noch, deren Freiheit solle er beschränken, zur Zeit sei er doch nur deren Spielball, er 'moderiere'. - Das geringschätzige Lächeln der Anderen beschämte ihn. Bitter. Was kann ich tun? - Die Konzerne in die Pflicht nehmen, dass sie Arbeit schaffen. Sie besteuern, wenn sie es nicht tun. Konkurrenz für sie befördern, indem ich die Kleinen fördere, sie frei mache von Beschränkungen, die nur Bürokraten nutzen. Fachleute in die Regierung. Einen Transrapid bauen - von Lissabon bis Peking - das gäbe Arbeit. Und nützte der Umwelt. Stichwort Umwelt, neue, andere Ressourcen. Ja doch, Arbeit gibt es genügend. Für die, die hier sind - und die, die kommen werden. Ich muss Arbeit schaffen. Bald. Roms Schicksal mahnt.

Es ist doch alles schon einmal da gewesen - aber immer wieder etwas anders.

Februar 2002

14. Konkurrenz

Es wird sein eine Zeit, da ist alles mit allem verknüpft.

Heute sollte er zum ersten Mal 'Besuch' erhalten. Für die Lebenden sei es ein Traum, sagten ihm die älteren Körperlosen. Noch nicht lange war er nur noch 'Seele', wie die Menschen sagten. Für den Besuch bekäme er wieder einen 'Körper', jedenfalls sähe ihn der 'Besucher' aus der materiellen Welt, als sei er wirklich. Dabei ist alles Schein, was der Träumende in seiner kurzen Traumzeit sähe. Er könne unbefangen sprechen, ergänzten die erfahreneren Seelen, die solchen Besuch schon kannten. Das Richtige würde schon im Kopf seiner Tochter durchfiltern, dass sie es gebrauchen könne im Leben.

Dann saß sie neben ihm in diesem feinen Lokal und wunderte sich sehr, ihn hier zu treffen. - Für ihn verbot es sich, sie aufzuklären. „Frage, Tochter. Dich muss Wichtiges beschäftigen, sonst säßest du nicht hier." – „Es war so schön am Niederrhein. Du weißt, ich bin im Zorn von euch. In diesem Sachsen waren alle so verbissen. Du kanntest nur noch deine Arbeit, wolltest aufbauen, den Menschen dienen. Endlich könntest du das richtig. Ich war dir nicht wichtig. So ging ich weg. Unbeschwert habe ich bei Köln gelebt, bis die Mauer fiel. Warum werden jetzt die Menschen bei uns so grob zueinander, gehen kleine Läden reihenweise zugrunde? Es war so geruhsam in meiner kleinen Stadt. Ist der Osten schuld, der zu uns kam über Nacht?" - Sie hatte noch erlebt, wie er als Webmeister Werkdirektor wurde und das Wort 'Volkseigentum' wörtlich nahm. Er führte den Betrieb wie sein Eigentum, wie er es von guten, menschlichen Unternehmern vorher gesehen, solche gab es schließlich auch. Das betraf nur seinen Einsatz für das Werk, seine Arbeiter. Er nahm sich nicht mehr, als die Partei ihm zugestand: Seinen Lohn. Er empfand das als gerecht. Dafür hatte er vorher gelebt und gekämpft. Davon erzählte er der Tochter das, was noch zu erzählen nötig war. Einiges kannte sie ja selbst aus der Sicht des Kindes. – „Und dann, als ich weg war?" – „Deine 'Republikflucht' gab ihnen den offiziellen Grund, mich abzulösen. Später begriff ich mehr." Zu viele Freiheiten nahm er sich heraus nach ihrer Meinung. Er sprach schon bald von 'ihnen'. 'Sie' schrieben immer mehr vor, er rebellierte. Bis er begriff - das war kein 'Volkseigentum'. Es wurde 'Parteieigentum' und je mehr sich das zentralisierte, wurde es Monopoleigentum. Ein gigantisches Monopol umfasste vollständig Wirtschaft und Staat - er erinnerte sich seiner alten, damals noch im geheimen abgehaltenen Schulungen in denen gewarnt wurde vor der schlimmsten Form der Ausbeutung - dem staatsmonopolistischen Kapitalismus. „Den hatte die DDR in Wahrheit am Ende ihrer Tage. Über einen seltsamen Umweg hat die DDR tatsächlich 'überholt, ohne einzuholen', wie es einmal Walter Ulbricht formulierte in Anspielung auf die Ziele der DDR gegenüber der Bundesrepublik, kaum verständlich für einen gelernten DDR-Bürger. Aber dieser Monopolkapitalismus war getarnt vor Freund und Feind als 'real existierender Sozialismus'. Wo nahm er diese Tarnung her?" Er antwortete sich selbst. Kapitalisten, wie die Menschen sie gekannt, mit viel Geld, die sich alles leisten konnten, gab es nicht. Die Partei achtete streng darauf, dass auch Spitzenverdiener nicht mehr als das Vierfache eines Facharbeiters bekamen. So wurde das Land reich, gab Kredite selbst an den 'großen Bruder', die Sowjetunion, baute deren Erdölleitungen nach dem Westen, all das, ohne je wirklich Hilfe nach dem großen Krieg bekommen zu haben, gar unter der Belastung von Kriegsreparationen. Das war das Ergebnis der Arbeit vieler ehrlicher Idealisten, auch seiner Arbeit. – „Wo ist das Geld geblieben, Vater,

die DDR war doch ein Armenhaus für seine Bürger?" –
„Es ist nicht ganz recht, so zu reden. Kostenlose Krankenversorgung, niedrige Mieten und Fahrpreise, billige Energie, gute Schulen - das vermissen heute die Bundesbürger. Ich erzähle dir einen in seiner Zeit bekannten DDR-Witz. In Luanda, der Hauptstadt von Angola, landen drei Schiffe. Eins kommt von Kuba, eins aus der SU, eins aus der DDR. Als sie wieder abfahren, marschiert eine Militäreinheit zum Kampf gegen Konterrevolutionäre aus dem Hafen - schwarze Kubaner als Soldaten, Waffen aus der SU, Bekleidung und Ausrüstung aus der DDR. Es gab viele Angolas." Und er erzählte weiter, dass bei allen Menschen, die übermächtig sind, schlaue Köpfe nicht mehr gelten, Warner, Sorgende zu Feinden gestempelt werden. So verkamen die Betriebe, in denen der Reichtum geschaffen wurde. Bald brauchte der Staat selbst Kredit. Aber für das Leben der Bürger war gesorgt. Auch kein Selbständiger 'ging pleite'. Das rief das andere Deutschland auf den Plan. Es musste immer ein klein wenig besser zu seinen Bürgern sein. War es auch. Aber warum sollte es das nach 1989 noch sein? - Da erzählte die Tochter ihrerseits von einer Karibikreise, von Worten einer Reiseleiterin, die sie nie verstanden hatte: „...Nachdem Fidel Castro in Kuba siegte, hat Amerika viel für die Entwicklung der Karibikinseln getan..." - Da war Konkurrenz entstanden in Mittelamerika zwischen Kuba und den USA, hier in Europa ging sie verloren mit dem Wegfall des 'Eisernen Vorhangs'. –
„Nachdem Rom das mächtige Karthago besiegt, kümmerte sich der Staat immer weniger um seine Bürger, beschäftigte sich immer mehr mit sich selbst. Die Zeit der römischen Bürgerkriege brach an. Du weißt, wohin es Rom geführt." Er sah die Tochter in sich zerfliesen, die Zeit, der Traum war um. „Ein andermal..."

Fest schlief die Tochter wieder. Ein Satz als Zipfel zum Erinnern blieb ihr greifbar, dem Vergessen entzogen: Es ist alles schon einmal da gewesen - nur eben ein kleines bisschen anders.

März 2002

15. Der Verkauf von Louisiana

Es wird sein eine Zeit, da ist alles mit allem verknüpft.

Bevor er auf St. Helena gestorben, glaubte er nicht, dass er sie treffen würde, die Großen, Alten. Nun lag das körperliche Leben hinter ihm. Er war wieder Schüler, wie einst auf der Kriegsakademie. Und seinen großen, alten Lehrer interessierte gar nicht, dass er einstens Europa erzittern ließ, Freiheit zu erstreiten wider die fürstlichen und königlichen Tyrannen.

Als er seine Arbeit abgegeben und Plato sie flüchtig überflogen, stellte der ihm nur die Frage: „Darf man einen Dummen betrügen?" - Natürlich nicht, antwortete er spontan, das verböte sich von selbst. – „Schau' in deinen Code zivil, dein Lebenswerk, wie du sagst", erwiderte Plato leise. „Antworte dann."

Wollte ihn der Alte demütigen? Stolz erfüllte ihn, wenn er sich der Schlacht von Austerlitz erinnerte. Alle Fürsten, Könige und Kaiser Europas hatte er geschlagen. Freiheit sollte sein in Europa. Auf vielen Thronen saßen seine Marionetten. Es gab nur noch das freie Frankreich, den russischen Zaren und das widerspenstige England. Bei so viel Landgewinn für die Freiheit brauchte er die ferne Kolonie nicht mehr in Nordamerika, Louisiana genannt, jenseits des Mississippi gelegen, von wenigen Forschern und Abenteurern begangen. Das riesige, schemenhafte, unbekannte, nutzlose Land verkaufte er billig an die Brüder im Geist, die amerikanischen Kolonisten. Sie hatten England geschadet mit ihrem Unabhängigkeitskrieg, England, dem Erbfeind der Franzosen. Sollten sie etwas damit anfangen, sich entwickeln können aus ihrer Armseligkeit, seine

Grenzen zu Mexiko bestimmen, wenn sie das je brauchen sollten.

Nach Austerlitz war Zeit zu vollbringen, weshalb er Schlachten geschlagen, Königreiche eroberte. Die neue Ordnung goss er in Worte. Er schrieb fast allein das Werk, welches zur juristischen Grundlage der folgenden Jahrhunderte wurde. Der Code zivil sollte jeden frei entfalten lassen. Zuerst kam ihm die Freiheit der Person. Die Freiheit, für die er gekämpft, stand bei der Vertragsgestaltung über allem.

Die amerikanischen Kolonisten im fernen Louisiana brachten Whisky mit zum Vertragsschluss bei den Indianern. Nach Friedensschluss und Friedensfeier waren die Ureinwohner Fremde auf Land, das ihnen nicht gehört. Land verkauft, Vertrag ist Vertrag. Der Eigentümer hat Recht. Der Indianer wehrt sich, doch, was soll's. Pfeile gegen Kugeln, Truppen gegen Krieger - und der Eigentümer hat Recht. Fairness - das Wort wird erst viel später von den Engländern geprägt, nicht im Recht - im Sport. Den gab es nicht zu Napoleons Zeiten. Sind die daheim gebliebenen Europäer besser als ihre ausgewanderten Kolonisten? Sind sie - fair? Da schaut der große Feldherr vom Anfang des neunzehnten Jahrhunderts in die Verträge vom Anfang des einundzwanzigsten Jahrhunderts und wird fündig.

Der junge Existenzgründer sitzt mit seiner Frau bei der Bank und beantragt ein Darlehen. – „Wenn ihre Frau für sie bürgt mit allem, was sie hat", sagt der Banker. - Das will der neue Handwerksmeister nicht. – „Sie müssen den Vertrag nicht unterschreiben, sie sind frei." Und ohne Bürge kein Darlehen.

In seiner Wohnstube sitzt der kleine Bauunternehmer. All seine Kraft und die seiner wenigen Mitarbeiter steckt in den letzten fertig gewordenen Häusern, die noch nicht bezahlten die Bauherren: hohe Manager, Banken, der Staat, lange schon. Seine Bank weiß das alles, gibt keinen Kredit mehr, damit er wieder Material kaufen könnte, Löhne bezahlt. Ihm gegenüber sitzt einer, der gibt Kredit ohne langes Fragen. Endlich hilft ihm einer. Da liegt der Vertrag, im Anhang zwanzig Seiten allgemeine Geschäftsbedingungen. Er unterschreibt den Vertrag, den Rest schiebt er beiseite.

Der junge Poet erhält Post vom Verlag, dem er einen Gedichtband schickte. Er hat einen Vertrag vor sich, sein Erstling wird veröffentlicht. Er möge einen Kostenvorschuss beitragen. Er ist etwas erstaunt. Doch er versteht und sagt sich: Wenn ich erst bekannt bin... In seiner großen Freude hat er übersehen, dass der Verlag die Auflage erhöhen kann, er aber auf Honorar verzichtet.

Der Autofahrer kommt an die Tankstelle und staunt über den hohen Preis. Plötzlich erinnert er sich: Feiertage stehen bevor. Nachfrage regiert den Preis, hat er gelernt. Der Ölkonzern ist frei, den Preis frei zu wählen.

Der Autofahrer fährt nach Spanien und stellt fest: Sein deutsches Auto könnte er hier billiger kaufen. Aber der Deutsche in Deutschland kauft gern deutsche Autos. Seinen Nationalstolz wandelt der Konzern in Konzerngewinn.

Wie lange ist das schon so, fragt sich der Revolutionsgeneral. Er greift zurück zum Anfang des zwanzigsten Jahrhundert in eine amerikanische Großstadt. Die hat gerade ihre Straßenbahn verkauft. Studenten baten den Käufer in ihr Campus. Der steht ihnen gern Antwort, warum er den

Preis erhöhte: „Sie alle lernen, wie sie erfolgreiche Geschäftsleute werden. Ich will das auch. Ich kaufte die Straßenbahn, um Geld zu verdienen. Wir alle leben in einem freien Land, das uns Geld verdienen erlaubt. Wenn sie meinen Preis nicht zahlen wollen, bin ich ihnen nicht böse. Ich hindere sie nicht, mit dem Auto zu fahren oder zu laufen. Jeder entscheidet für sich, was er tut."

Erst in seiner eigenen Zeit findet er: Das Pferd wird mit Handschlag verkauft, der Reeder gibt das Schiff bei der Werft mit Handschlag in Auftrag. Bei einem guten Menschen brauchst du keinen Vertrag, bei einem schlechten hilft dir kein Vertrag, sprechen seine Zeitgenossen. Er brachte dieses Grundgefühl in die Worte „...nach Treu und Glauben..." und „...die guten Sitten...". Lange vor ihm predigte das der Pfarrer von der Kanzel. Seine Zeitgenossen glaubten an den Wächter einer höheren Gerechtigkeit. Sein Bürgerliches Gesetzbuch brauchte Grundbegriffe nicht zu definieren. Nun aber machen die Starken die Gesetze. Und aus Unmoral entsteht geltendes Recht.

„Die Menschen müssen zurück zu Gott", sprach er zu Plato. – „Ach ja", verwunderte sich dieser. „Und zum Gottesgnadentum der Fürsten gleich mit? Wozu dann deine Revolution, dein Austerlitz, dein Verkauf von Louisiana? War das alles falsch?" Er fand ihn doch schon, den Begriff, der fehlte in seinem Code zivil, fehlen musste, weil seine Zeit noch nicht gekommen war. Und umsetzen könne man ihn, wenn man die Freiheit begrenzt bis zu dem Punkt, wo sie die Freiheit des Anderen berührt. Achtung vor dem Anderen, dem Behinderten, dem Dummen, dem Schwachen, ist in eine Gesellschaft zu bringen, die Korruption und Bestechlichkeit gebiert, weil nur Erfolg zu zählen scheint. „Man sollte sich wieder meines Schülers Aristoteles erinnern. Er hat das Maß in den Mittelpunkt gerückt. Zwischen Tollkühnheit und Feigheit liegt der Mut, sagt er. Es gibt kein Gift, nur die falsche Dosierung, sagt Paracelsus." Plato erinnerte sich eigener Erfahrung: Vom Jugendwerk 'Der Staat', das kein Gesetz vorsah, weil der kluge Herrscher es nicht brauche, zum Alterswerk 'Die Gesetze', das keine Freiheit vorsah, weil man sie missbrauchen könne. „Die Menschen von heute müssen das rechte Maß finden."

Plato richtete ihn auf, den kleinen Korsen, er verstand ihn. Es war doch alles schon einmal da gewesen, nur – eben ein kleines bisschen anders.

März 2002

16. Baum, Stamm und Ast

Es wird sein eine Zeit, da ist alles mit allem verknüpft.

Auf diese letzte Stunde des Tages freute er sich wie jeden Tag. In ihr entfloh er dem verhassten Tageskleinkram. Dabei könnte er heute auf diese Flucht verzichten. Dieser Tag war erfolgreich. Den Aktionären konnte er einen guten Bericht hinlegen. Der Konzern war jetzt auf vier Erdteilen präsent, die Rendite auf 20% im letzten Jahr gewachsen, alle Finanzanlagen im positiven Trend - den Beifall nach seinen Ausführungen fand er durchaus angemessen für seine Arbeit. Doch es gab auch andere Tage. Sie zu vergessen, hatte er sich angewöhnt, abends ein wenig Ewigkeit zu schnuppern - Ewigkeit, wie Urahnen sie verstanden. Deshalb nahm er das Buch über die Götter- und Sagenwelt der alten Griechen zur Hand. Und schlief darüber ein...

Er fand sich wieder an der Börse. Und es sah gut aus. Die Kurse knallten in den Keller, besonders die der 'Mitbewerber'. Nicht umsonst war nicht gekleckert worden, geklotzt hatte er. Seine Kampfmillionen verloren an Wert, schwanden zu Hunderttausendern. Die kleinen Anleger flohen mit Verlust. Er lachte. Die Flucht wurde allgemein. Viele verloren jetzt ihre Ersparnisse. Was machte ihm das? Er schoss den Konkurrenten sturmreif. Die feindliche Übernahme war gut vorbereitet. Morgen würde er sie beginnen. Auch die Natur schien seine Attacke mit zu tragen. Es blitzte draußen, sogar hier war der Donner zu hören. Plötzlich stutzte er, in diesen schallisolierten Räumen Donner? Jetzt knallte ein Blitz mit grellem Schein durch die Fenster - er wusste sofort: Im blassblauen, fasernden Oval vor der großen Anzeigetafel stand Zeus, der Göttervater. „Was tut ihr Menschen mit eurer Erfindung, dem

Geld?" Donnernd, trotzdem deutlich, fielen die Worte wie Keulenschläge. „Ihr habt es aufgeblasen weit über seinen Wert, nutzt es als Waffe gegen den Konkurrenten. Es ward euch aber gegeben, damit ihr es wandelt in Arbeit und neue Werte zu schaffen. Nicht Zerstörung und Übernahme des Anderen sei euer Ziel. Im fairen Wettbewerb zu besseren Leistungen sollt ihr es einsetzen unser Geschenk aus Griechentagen!" Auf und ab schwoll seine Stimme, ob laut oder leise, immer beängstigend. Die Seele fror dabei ein. „Nun aber, da ihr gelernt, mit Waffen sind große Kriege nicht mehr profitabel zu führen, setzt ihr Geld als Waffe ein - werden wir es euch wieder nehmen, das Geld. Eine zweite Chance soll die Menschheit bekommen, die Menschheit - nicht ihr!" Donner - Schwärze - Licht - Donner - die Börse stürzte ein, die Welt ging unter.

Er kam wieder zu sich in einem kahlen, einfachen Raum. Ihm gegenüber saß ein älterer Mann in weißen, fließenden Gewand mit Mäandern an den Ärmeln, die Haartracht erinnerte an einen Lorbeerkranz. – „Ich bin Thales von Milet, beauftragt, ihnen das elfte Gebot zu übergeben. Es ist eigens für höhere Leiter in der Wirtschaft." - Er schaute auf die großen antiken Buchstaben, wunderte sich kein bisschen, dass er die unbekannte Schrift lesen konnte. „Du sollst dein Geld nicht einsetzen gegen Konkurrenten!" Darunter stand etwas kleiner, wie im Katechismus aus seinen Kindertagen: Was ist das? Du sollst dein Geld anwenden zur Forschung und Entwicklung, zur Schaffung von Wohltat für die Menschen. Und du sollst an den Menschen denken, der in deiner Werkstatt schafft, damit er auch kaufen kann, was du ihn schaffen lässt. Denn es ist vernünftig auch für dich, so zu denken, weil du sonst den Ast absägest, auf dem du sitzest. So du aber nicht herunter fallen willst, musst du daran denken, dass der Stamm den

Ast gebiert und du für das Wohlbefinden des ganzen Baumes Sorge tragen musst.

Er schaute fragend auf Thales von Milet. Was ihm das noch soll, jetzt nach dem Weltende? – „Ach was, noch ist die Welt nicht zu Ende", antwortete dieser. „Du wirst bald wieder ankommen in deiner Zeit und deiner Welt. Der Theaterdonner war meine Idee. Kein Gott greift in die Geschichte wirklich ein. Wir wollen warnen. Ihr habt den Bogen überspannt und wisst die Zeichen nicht zu deuten." - Welche Zeichen? – „Oh Zeus, so dumm könnt ihr doch nicht sein? Was hast du für Nachricht von deinen Händlern?" - Sie bleiben auf ihren Autos sitzen. Die Ersten melden Insolvenz. – „Was brauchst du noch für Zeichen?"

Nun las ihm Thales die Leviten. Was er denn wirklich tue, wenn er den Konkurrenten besiege, den Konkurrenten 'feindlich übernehme', seine Werke still lege, seine Arbeiter entlasse? Er möge sich vorstellen, er als 'Global Player' sitze auf dem starken Ast eines Baumes. Damit dieser, sein Ast besser wachse, haue er den Nachbarast ab. Nun könne sein Ast zwar sich besser ausbreiten, aber der Stamm zog Nahrung auch aus dem abgeschlagenen Ast, sie fehlt ihm letztlich auch selbst. - Von der Weide am Bach schnitt der Korbflechter die Ruten. Eine richtige Weide, wo die Äste im Wettbewerb um Licht stehen, sieht ganz anders aus. „Ihr führt schon lange keinen echten Wettbewerb mehr, ihr 'Global Player', 'Welt-Spieler', ihr verdrängt die anderen. Ihr handelt wie der Bergbauer, der den Hang abholzt, dem die Gerölllawine später sein Haus begräbt." Und leise fügte er hinzu, dass ihre Kurzsichtigkeit noch die ganze Welt gefährde, diese verdammte Kurzsichtigkeit, die immer nur den nächsten Tag sehe.

Als er sich endlich des Traumes entledigen konnte, wachte er schweißgebadet auf. Und in seinem Kopf hämmerten die letzten Worte des Thales von Milet: Kurzsichtigkeit, nur an den nächsten Tag denken - immer schon da gewesen, nur immer ein kleines bisschen anders.

April 2002

17. Der Schiedsrichter

Es wird sein eine Zeit, da ist alles mit allem verknüpft.

Zeit ihres Lebens glaubten sie nur an das Materielle und fanden sich doch wieder nach ihrem Tod, körperlos, als Seele - wie unangenehm. Ihr erstes Zusammentreffen war mit Groll beladen. Wie sollte es das nicht. Wie der saarländische Dachdecker den Leipziger Spitzbart dem 'Volk der DDR' im Schlafrock vorgeführt hatte, das war selbst nach dem Tode nicht verzeihbar. Walter aus Leipzig, der Ältere, fühlte sich nur noch verraten - und so behandelte er auch Erich, eigentlich sein Werk, sein Kronprinz - doch in Monarchien war Königsmord um der Macht des Nachfolgers willen so selten nicht. Aber der junge Spund war, so überzeugte sich Walter grollend bei ihren unvermeidlichen Begegnungen, ehrlich überzeugt, er habe um der Sache willen so handeln müssen. Ein Schiedsrichter musste her. Hier starb man nicht mehr. Und bis in alle Ewigkeiten streiten - nein, das hielt selbst eine körperlose Seele nicht aus.

Es kam nur eine Person in Frage, ihren Streit zu entscheiden, vielleicht auch zu schlichten, darüber waren sie sich sofort einig. Sie konnten aber nicht einfach hingehen zu dem Rechtsanwaltssohn aus Trier. Auch in diesem Land der Seelen gab es eine Hierarchie und bei hundert Jahren Abstand war jener Chefredakteur der `Rheinischen Zeitung' mindestens schon Unteroffizier, wenn man die beiden Ratheischenden als Soldaten ansah. Als Parteisoldaten verstanden sich ja beide sowieso. Aber Beziehungen, auf die sie beide glaubten, bauen zu können, gehörten sie doch alle drei der gleichen Partei an, die spielten hier keine Rolle. Endlich erhielten sie die Genehmigung.

Sie waren nicht allein mit ihm in diesem kahlen Raum. Und wie 'Kampfgefährten' wurden sie auch nicht begrüßt. „Wegen eurer Querelen will ich nicht behelligt werden", donnerte sie der Stammvater ihrer Lehre an. „Aber weil ihr einmal da seid, rechnen wir anderes gleich ab." Dann las der Schöpfer des 'Kommunistischen Manifests' den beiden 'Kommunisten' die Leviten. Wie Walter Ulbricht denn mit seinem 'kommunistischen Gewissen' vereinbaren konnte zu sagen: '...es muss alles demokratisch aussehen, aber wir müssen alles in der Hand behalten...'. Wie sie den Unsinn einer 'Binnenwährung' erfinden konnten, dafür in 'Intershops' eine zweite Währung im Lande duldeten. Und wenn sie schon den Blödsinn mit der Mauer für zeitweise nötig befanden, warum konnten dann die Bürger ihres Landes nicht nach der Konferenz von Helsinki normal in alle Welt reisen? Ihr Staat war doch endlich anerkannt, und Erich Honecker fühlte sich doch sichtlich wohl als Staatsoberhaupt unter Staatsoberhäuptern. Zur Jagd wie ein englischer Lord lud er doch alle Diplomaten Jahr für Jahr? Normalität, wo habt ihr sie gelassen? Ist normal zu behaupten: Wer nicht mit uns ist, ist gegen uns? Oder: Es herrscht die Diktatur des Proletariats, aber im Proletariat herrscht Demokratie? Und wo, bitte schön, ist das Proletariat zu Ende, etwa an der Innenseite der Tür vom Politbüro? Unmündig hieltet ihr eure gläubigsten Genossen. Oder wie solle man es sonst verstehen, wenn auf euren Parteischulen lesen angesagt war von Seite 134 - 148 und ein Schüler stellte eine Frage, die sich auf den Text der Seite 150 bezog. „Aber Genosse", pflegte der Lehrer dann zu sagen, „mach' es dir und uns doch nicht so schwer. Die Seite 150 ist doch gar nicht dran. Vergiss die Frage, kostet uns nur Zeit." Fragte der Schüler trotzdem weiter, wurde er bald zum Abweichler, zum 'Feind'. Eure größten Feinde im Land waren meist eigentlich eure Besten. Ihr wart nur zu dumm, es zu begreifen, triebt sie außer Landes, manchmal in den Selbstmord. Ihr habt nicht mehr wahr haben wollen, dass wir, die ihr uns eure Klassiker nanntet, vom sogenannten 'Klassenfeind' lernten. Ich rede jetzt von meinem Freund Engels. Er fragte sich: Wie kann das kleine Land England das riesige Indien als Kolonialmacht beherrschen? Er fand die Antwort: Weil unter den Kolonialbeamten Demokratie herrscht, die den feudalen Strukturen Indiens überlegen ist. Wie diese Kolonialbeamten Demokratie ausüben, das müssen wir auch lernen. Friedrich Engels wäre mit solcher Rede vor die Parteikontrollkommission gekommen, eurer Inquisition. Ihr hattet alle Organe einer theokratischen Monarchie, wart selbst Monarchen. Wie seit ihr bloß dahin gekommen?

Karl Marx verstummte. Ein Anderer ergriff das Wort. Der hatte in Athen gewirkt und am Hof des Königs von Makedonien. Dort erzog er einen Königssohn. „Sie hatten beide schlechte Lehrer", ergänzte Aristoteles. „Schon Walter Ulbricht wurde falsch geprägt." Dann legte er dar, wie Lenin der letzte Praktiker war, der nach Marxen's Vorstellungen handelte. 1920 klärte sich: Die deutsche Revolution verloren, die russische gewonnen, die angestrebte Weltrevolution fand nicht statt. Russland musste allein weiter sehen. Also: Weg mit dem Kriegskommunismus, Zulassung einer Marktwirtschaft, zulassen von Wettbewerb, von Gegensätzen. Langsam begann das Land aufzuleben. Aber die Revolutionsführer waren Kommandieren gewöhnt, wollten es nicht lassen. Macht korrumpiert! Nun sollten sie Macht abgeben? Ein Attentat stellte Lenin auf die Seite. Sein fähigster Gefährte, Trotzki, wurde außer Landes gejagt. Stalin stellte sich an die Spitze der Kleinlichen, Kurzsichtigen, Machtbesessenen. Nicht einer der alten Kommunisten überlebte seine Schauprozesse. Das war Konterrevolution mit verkehrter Front und unter falschem Namen. „Was der junge Walter Ulbricht als 'Kommunismus' lernte, war kein Kommunismus, sondern Rückfall in Strukturen, die mein Lehrer Plato beim Tyrannen von Syrakus erlebte." Damit das keiner der gläubigen Kommunisten merken konnte, musste man das Land abschließen gegen 'Fremdes', gegen 'Feindliches'. Das tat die Sowjetunion, später die DDR. Harmonie, 'Einheit der Partei' sollte sein im geschlossenen Land, eine 'sozialistische Menschengemeinschaft'. Harmonie aber ist der Tod jeder Entwicklung, Entwicklung verlangt Streit. Streit unter Kommunisten wird nicht zugelassen - ihr Ende vorprogrammiert. 1985 wagt es einer, bei Lenin wieder an zu knüpfen.

„Erich", fiel Marx seinem großen Vorgänger ins Wort, „du hattest die Chance, an seine Seite zu treten. Warst zu dumm, es zu begreifen." So zerbrach die letzte Chance, geradewegs zum Kommunismus zu kommen, einem Kommunismus mit Widersprüchen in sich, mit Mitarbeit des Volkes, Marktwirtschaft... Geht das überhaupt? fragte Aristoteles.

Marx war gefordert. „Es ist Sache der jetzt Lebenden, das zu entscheiden. Im Widerspruch zu meinen Vorstellungen stände es nicht." – „Und wie beantwortest du nun die Frage dieser beiden?" bohrte Aristoteles weiter. – „Für Monarchen und Tyrannen bin ich nicht zuständig", antwortete Marx müde. „Ihr Streit ist doch nichts Neues in der Geschichte."

Und im Abgehen mit schwerem Schritt murmelte er leise durch die Zähne: Alles schon einmal da gewesen, nur ein kleines bisschen anders. Und ich wollte doch wirklich Neues schaffen.

April 2002

18. Damals im Vogtland

Es wird sein eine Zeit, da ist alles mit allem verknüpft.

Er trank noch eine Büchse Bier. Dann kroch er befriedigt in den Schlafsack. Genau gegenüber ihrer besetzten, leer stehenden Fabrik hatte eine Werbeagentur ein Plakat aufgestellt mit dem Aufruf zur Reform in Deutschland. Er, ganz allein, funktionierte die Werbetafel um. Nun forderte nicht mehr ein ehemaliger Verfassungsrichter und Bundespräsident die Deutschen zur Reform auf. Jetzt prangte ein Autonomer mit schwarzer Gesichtsmaske vom weißen Grund. 'Durch Deutschland muss ein Ruck gehen...' war noch von der Schrift des Vorgängers zu lesen, '...der es endlich kaputt macht'. Dieser Satz, in den Krakeln seiner Szene geschrieben, war seine Erfindung, sein Credo. Morgen würden es die Menschen lesen und auch seinen Zusatz 'Für die soziale Revolution'. Morgen werden es die Menschen lesen - dann werden sie es tun - dann wird alles ganz anders... So schlief er ein.

„Einen Dreck werden die Menschen tun, wenn sie dein Plakat lesen." Der Mann, der vor ihm stand mit Lederjacke und Pistole, sah recht aus wie ein Revolutionär zwischen 1918 und 1922. „Ich habe das Leben hinter mir. Bin viel weiter gekommen als ihr Jungchen heute. So bringt das nichts." Die Stimme des Fremden klang jetzt fast gütig. - Er richtete sich auf und fragte. - Da erzählte ihm der Fremde, wie er Revolution gemacht im sächsischen Vogtland. Bewaffnet fuhren seine Rotten mit Lastkraftwagen durch die Städte des Textilbezirks, forderten und bekamen von den verängstigten Fabrikanten Geld, Kleidung, was sie gerade brauchten. Die Polizei kam immer zu spät. Und wenn nicht, gab es auch schon Tote und Verwundete auf beiden Seiten. – „Der Hölz!" - Schreckensruf bei den Reichen, Zukunft kündend bei den Armen. Waren das Zeiten!

Solche wünschte er sich. – „Ach was", fiel ihm Max Hölz ins Wort. „Nur zerstören, das bringt doch nichts." Und er erzählte erst von Frankreich: Revolution von 1789 - 1795, Kriege bis 1815, Revolution 1830, 1848, 1871, erst dann wieder Ordnung. Warum? Die Menschen wussten nur, was sie nicht mehr wollten. Keiner besaß Vorstellungen über das Danach. Und die sie hatten, wurden kaum gehört. So war es sehr blutig im Frankreich des neunzehnten Jahrhunderts, hundert Jahre lang.

Nicht anders in meiner Zeit. Fast jeder kämpfte gegen jeden. Am Ende stand Hitler.

1989 riefen Deutsche „Wir sind das Volk!" Wieder wussten alle, was sie nicht mehr wollten. Genauso die Russen nach ihnen. Ihre Staaten überlebten das nicht. Ging es den Menschen danach besser? Wenn du nicht weißt, was danach kommen soll, und du nicht weißt, wie du es machen kannst, schaffst du nur mehr Unheil als schon ist. Junger Freund, wisse: Kapitalismus ist Anarchie in der Wirtschaft. Du willst sie mit Anarchie bekämpfen. Aussichtslos. Du setzt doch nichts dagegen!

„Aber Kapitalismus ist doch Marktwirtschaft. Die hat Regeln und Gesetze." – „Nur bedingt", antwortete Max Hölz. Und er erklärte dem immer mehr Staunenden, wie jedes Unternehmen, egal ob der private Fleischer an der Ecke oder der große Autokonzern immer Einzelkämpfer ist. Sie führen immer und gegen jeden Krieg: Krieg gegen den anderen 'Mitbewerber', der ihm die Kunden abspenstig machen will, Krieg gegen den Lieferanten, dessen Preis grundsätzlich zu hoch ist, gegen den Kunden, der den

Preis nicht niedrig genug haben kann, gegen den 'Mitarbeiter', der höheren Lohn will, gegen den Staat, der Auflagen stellt und Steuern fordert - so lauert an jeder Ecke Gefahr. Jeder Gefahr muss er sich erwehren. Das geht nur mit Geld, also muss er Profit machen bei Strafe seines Untergangs. Ein Unternehmen kann nur an sich denken, jede weitere Rücksichtnahme kann tödlich sein. Umwelt, Moral, Zukunft - Luxus, erst möglich, wenn die Existenz gesichert ist. Doch wann ist sie gesichert?

„Mir kommen die Tränen. Die armen Unternehmer. Und das muss ich hören vom Urbild eines Anarchisten. Willst du mich verklappsen? Die schwimmen doch in Geld!" Er sprang auf und wollte weg.

Aber dabei vergaß er, dass da ein Gleichgearteter vor ihm stand mit mehr Erfahrung. Er stürzte über ein vorgestrecktes Bein, erhielt im Fallen einen Schlag gegen die Rippen und sah in die Mündung einer Pistole, als er sich liegend wieder fand.

„Du autonomes Schwein, du wirst jetzt deinen Schädel benutzen! Willst du denn alle meine Erfahrungen wiederholen ohne Sinn und Verstand? Hör zu, oder...!" - Er begriff, Max Hölz macht keinen Spaß. Wehe, man nahm ihn nicht ernst.

Nun wartete der alte Revoluzzer, bis der junge Heißsporn wieder aufnahmefähig war. Er verstand ihn ja gut, sah in den eigenen Spiegel. „Bist von zu Hause abgehauen?" – „Na klar." – „Dein Vater?" – „Baugeschäft. Fünf Angestellte. Rabotten, Maloche Tag für Tag. Kein Sonntag, kaum Urlaub. Kein Leben." – „Keine Disco?" – „Der wäre verrückt geworden." - Das lässt sich besser an als befürchtet. Der da würde ihn verstehen.

Max Hölz steckte die Pistole ins Halfter. Sein Vater trage doch ein hohes Risiko, begann er. - Der Junge bestätigte ihm das sofort. Das mache ja den Alten so eklig. - Das käme davon, so Max Hölz, dass bei ihm Unternehmensrisiko und persönliches Risiko noch eins sind. Doch je größer das Unternehmen, umso günstiger werden die Möglichkeiten, die beiden Risiken voneinander zu trennen. Das kann dann sogar soweit führen, dass ein leitender Manager ein Unternehmen in den Konkurs führen kann und daran noch verdient, ganz legal. „Die haben dann auch Schweinegeld, obwohl ihre Firma pleite ist, dein Vater vielleicht mit." – „Wo ist denn da die 'Klassengrenze', von der immer die Rede ist?" - Das war auch der Irrtum seines Lebens, antwortete Max Hölz. Er habe damals auch nicht gewusst, dass die kleinen Textilfabrikanten des sächsischen Vogtlandes nicht seine Feinde waren. Die waren auch nur die Gejagten der wirklich Großen. Zwischen den 'Klassen' sind große Zwischenschichten. Wie überall in der Welt gibt es in Wahrheit kein 'Schwarz' oder 'Weiß'. Harte Gegensätze erfinden sich die Menschen, um erste Erkenntnisse zu verstehen.

„Gegen wen soll man denn nun kämpfen?" – „Ehe du kämpfst, denke nach. Sonst richtest du nur Unheil an, beförderst vielleicht gar die Sache deiner wahren Feinde. Einigen kleinen vogtländischen Fabrikanten habe ich den Ruin gebracht. Die Großen hat es gefreut. Ich habe sie von Konkurrenten befreit. Den Arbeitern habe ich geschadet. Sie standen auf der Straße. Damals sah das keiner so richtig. So blieb mein Ruhm bei den damals Lebenden erhalten. Ein dummer Ruhm..."

Langsam zerfloss die Gestalt mit der schwarzen Lederjacke und der roten Armbinde in den Augen des Jungen.

Sein Atem ging wieder tief und gleichmäßig. Doch als er aufgewacht, formte sich in seinen Gedanken die schmerzliche Erkenntnis, dass sein Handeln ganz sicher umsonst war, seines und das seiner Genossen.

Es war schon einmal da gewesen, nur - ein kleines bisschen anders.

April 2002

19. Hausaufgaben

Es wird sein eine Zeit, da ist alles mit allem verknüpft.

Zeus hatte ins Amphitheater geladen. Die Bühnendekoration ordnete er persönlich: Das Orakel von Delphi in der Mitte, flankiert von den Regierungsgebäuden aller europäischen Länder, ein imposanter Anblick. Die Staatslenker Europas werden diesen Traum nie vergessen, den sie gemeinsam träumen werden in dieser Nacht.

In das weite Rund der Sitzplätze zogen die historischen Persönlichkeiten ein, die Zeus brauchen könnte. In der Mitte aber, ganz unten im Orchesterraum, würden die Regierungschefs sitzen. Sie sollten sich klein vorkommen, die im tätigen Leben so Allmächtigen. In allen Richtungen werden sie nach oben blicken: Auf der Bühne - die Götter, in dem weiten Rund der Sitze - die Großen des Geistes. Aber noch waren die Regierungschefs nicht da. Die Nacht musste erst fallen über den Olymp. Im letzten fahlem Tageslicht schwebten sie in das mit Fackeln gespenstisch beleuchtete weite Rund und nahmen ihre Plätze ein, ganz klein in der Mitte.

Dann schallte des Göttervaters Stimme laut und deutlich vernehmbar in den weiten Raum hinein. „Wir haben uns heute zusammen gefunden, um über Europas Schicksal zu sprechen. Unsere Gäste aus der materiellen Welt sollen hören, wie wir denken. Sagt mir den Anlass unserer Sorge!" - Viele sprachen nacheinander. Für die Zuhörer im Orchesterkeller wurde wichtig: Seit sich Europa als zivilisiert betrachtete, steuerten die Menschen von ihrem Einkommen den Zehnt für ihre Kirche, den Zehnt für ihre Herrschaft. Es entstand Zoff in Europa, Veränderung, Aufruhr, Revolution und Krieg, wurde diese Belastung überschritten. Europa ist überfällig dafür, denn diese Marke wird bei weitem nicht mehr eingehalten.

„Wie soll es weiter gehen?" fragte Zeus. „Was schlagt ihr vor? Nennt zuerst Möglichkeiten!"

Dieses Auditorium stritt nicht. Einzelne standen auf, fassten ihr Wissen, ihre Meinung zusammen, der nächste ergänzte, zog die Schlüsse weiter. Mit Einzelheiten und Eifersüchteleien gab sich niemand ab. Ein Versuch, so sagten sie, war gerade gescheitert. Was als Volkseigentum gedacht war, führte nur zu einem monopolistischen System, brach dann zusammen. Einige in dieser Runde waren noch nicht weit genug weg und trauerten darum. Sie glaubten, die Arbeiter könnten es schaffen. Andere hielten ihnen entgegen, dass nicht Sklaven die Sklavenhalter stürzten. Barbaren eroberten Rom und schufen den Feudalismus. Und nicht die Bauern, eine neu entstehende Schicht aus früheren Kaufleuten und Handwerkern schuf die jetzige Gesellschaftsform. Wer sollte diese jetzt verändern? Wer hat Interesse daran und kann es auch?

Von den Kirchenvätern, von Thomas von Aquino bis zur Kommunistin Rosa Luxembourg, kamen sie alle zu Wort. Zeus fasste zusammen: „Es gibt die große Revolution, welche die Menschheit im Gedächtnis trägt. Doch mindestens so oft wie diese Revolution von unten, gab es die Revolution von oben. Herrscher erfüllten die Notwendigkeiten ihrer Zeit und stellten sich den Aufgaben. Ich erinnere an Preußen, Namen will ich nicht erst nennen. 'Die Bourgeoisie rast über den Erdball...' schrieb Karl Marx und meinte, sein Jahrhundert, das neunzehnte zu beschreiben. Ein Zeitgenosse von euch", und damit wandte er sich an die Regierungschefs, „hat ihn berichtigt. Marx beschrieb das zwanzigste Jahrhundert. Die Bourgeoisie rast jetzt noch um den Erdball. Darum kann die neue Ordnung nur weltweit sein. Daraus folgt: Revolution von unten kann nicht alleine leisten, was heute für euch nötig ist. Ihr müsst mittun, müsst es führen. Und ihr seid auf gutem Wege mit eurer Europäischen Union. Doch bedenkt: Europa reicht heute bis Wladiwostok. Macht es nicht zu klein. Halbe Lösungen nutzen nichts. Und noch etwas beachtet: Seit dem Alexanderzug aus Griechentagen hängt Europa zusammen mit dem Zweistromland, Persien, Ägypten. Also bedenkt gut, wo ihr die Südgrenze finden wollt und was ihr tut, dass all die Völker zu euch kommen wollen." Er wandte sich wieder ins weite Rund des Amphitheaters: „Und jetzt sprecht zur inneren Gestaltung!"

So viele Völker, so viele Sprachen, so viel Kultur. Das ist der Genpool des Geistes. Das muss alles so bleiben. Jedes Volk bestimme selbst darüber. Was aber muss einheitlich werden, damit diese Vielfalt auch zusammen hält?

Die Wirtschaft ist gemeinsam. Produktion und Handel brauchen überall gleiche Möglichkeiten, gleiche Grenzen. Aufruhr in der Orchesterloge: Der Markt müsse frei sein! – „Nein!" donnerte Zeus hinunter. „Ihr hört, was eure Vordenker sagen. Der Markt ist kein Mensch. Der Markt ist blind für menschliche Bedürfnisse. Ihr müsst ihm Regeln geben, damit er Menschen nützt." - Ein Sprecher nach dem anderen verglich Konzernleitungen von heute mit den Fürsten des Mittelalters. Wo der Kaiser es nicht schaffte, ihnen Grenzen zu setzen, Aufgaben zu geben, fiel das Reich auseinander. Die französischen Könige bekamen ihre Fürsten in den Griff. Sie jagten die Engländer über den Kanal, ihr Land wuchs auf Kosten ihrer Nachbarn. - Aus dem Machtbereich der deutschen Kaiser lösten sich viele heutigen Länder. Deutschland heute ist nur ein Rest des Reiches. Und die Fürsten verpufften viel Kraft im

Kampf gegeneinander. – „Legt euren Konzernen Zügel an, euren 'Global Player', gebt ihnen Ziele im Sinne aller Menschen, sonst reitet ihr mit diesen Pferden in die Wüste!" rief Zeus in die Mitte des Amphitheaters. „Stärkt die Kleinen gegen die Großen, wie die französischen Könige das getan, lange bevor 'Global Player' wachsen konnten. Nun frage ich euch auf den Rängen: Wie können die heutigen Könige ankommen gegen ihre heutigen Fürsten?"

Schafft die Lobbys ab! erscholl ein Zwischenruf. Sichert die Existenz der Kleinen! kam der nächste. Lasst keine Verdrängung zu, kein Gegeneinander! Vereinfacht euer Durcheinander! Seid selber Vorbild in Moral! Dient eurem Volk, vergesst die Partei!

Ruhig stand Zeus und lies sie toben. Dann bot er Einhalt. Ruhe fiel wieder in das weite Rund im Amphitheater am Olymp. – „Ihr habt den Unmut eurer Vordenker vernommen. Sie haben alle eure Probleme schon erlebt. Lernen und Handeln müsst ihr selbst. Lernt aus der Geschichte! Lernt von euren Feinden, lernt von Siegern und Besiegten! Brecht eure Tabus im Denken! Sucht eure natürlichen Verbündeten! Dann werdet ihr eure Aufgaben lösen können. Wir Götter kennen keine Gnade, löst ihr eure Hausaufgaben nicht!"

Langsam wurde es hell. In der Nähe des Tempels von Delphi lagen wieder die Trümmer, die Spaziergänger und Touristen sehen können. Nebel stieg auf zwischen Büschen, Bäumen und Bergen, zog weit aus von Griechenland. In den Gedanken vieler Menschen formte er sich zur Erkenntnis: Unsere Probleme von heute sind alle lösbar. Andere Menschen haben sie vor uns schon bedacht. Man muss ihre Lösungen nur hören wollen.

Denn alle Probleme und Lösungen sind schon einmal da gewesen, nur eben - ein kleines bisschen anders.

April 2002

20. Sintflut

Es wird sein eine Zeit, da ist alles mit allem verknüpft.

Als er am Abend auf seinem Nachttisch das Buch liegen sah über die Götter- und Sagenwelt des alten Griechenland, stand sofort der Traum wieder vor ihm, den er nachts zuvor geträumt. Ihm schien, er würde ihnen bald wieder begegnen, Zeus, dem Göttervater, Thales von Milet. Was käme noch auf ihn zu? Bang schlief er ein...

Er fand sich wieder in der Börse. Und es sah gut aus. Die Kurse knallten in den Keller, besonders die der 'Mitbewerber'... Er schoss den Konkurrenten sturmreif... das kannte er doch? ...ein Blitz knallte mit grellem Schein durchs Fenster... Zeus: „...setzt ihr Geld als Waffe ein - werden wir es euch wieder nehmen, das Geld. Eine zweite Chance soll die Menschheit bekommen, die Menschheit - nicht ihr!" - Donner - Schwärze - Licht - Donner - die Börse stürzte ein, die Welt ging unter.

Da gab ihm Thales 'sein' elftes Gebot. ...der Baum, der Stamm, der Ast... „... ihr handelt wie der Bergbauer, der den Hang abholzt, dem die Gerölllawine später sein Haus begräbt. Tausende Flugzeuge verbrennen Sauerstoff, Millionen Autos verbrennen Sauerstoff, Regenwälder werden brandgerodet. Siehst du jetzt die Zeichen? Du findest noch mehr, wenn du nur suchst. Steuere gegen! Nimm dein Geld nicht zum Kampf, den Anderen kaputt zu machen. Forsche, schaffe Neues, setze Erforschtes um, gib Arbeit. Mache wirklich Wettbewerb nicht Krieg mit dem Anderen, schaffe Besseres, Billigeres! Sonst - sonst schafft ihr eure nächste Sintflut wieder selber."

Jetzt, da er wusste, er würde weiter leben, war ihm die Enge genommen. Ewigkeiten schienen ihn anzuwehen und er spürte keine Angst davor. – „Du hast noch etwas Zeit, in dieser Welt zu verweilen. Nutze sie und denke nach. Ich lasse dich jetzt allein."

Er sah nichts mehr, nicht diesen Raum, nicht diesen Thales von Milet. Doch seine Gedanken hatten alle Enge, alle zeitlichen Dimensionen verloren. Er lauschte Thales Worten nach: „...eure nächste Sintflut wieder selber..."

Die Pyramiden kamen ihm in den Sinn. Mexikanische, ägyptische, Pyramiden auf Mittelmeerinseln, überall entdeckten sie jetzt Forscher, so dass man schon sprach: Die Erde - Planet der Pyramiden. Viele waren kaum noch deutbar. Doch bei den meisten bestaunte man ihre Exaktheit, ihre genaue astronomische Ausrichtung. Woher hatten diese Menschen dieses Wissen? Von Theorien hatte er gehört, dass sie genauer ausgerichtet seien, als wir sie heute bauen könnten - auf einen Sternenhimmel vor zwölftausend Jahren!

Wenn nun diese Menschen vor Zehntausenden von Jahren schon einmal sich entwickelten wie wir und dann - ihn fröstelte: „...eure nächste Sintflut wieder selber..." - Wenn es sie gegeben hätte? Wir würden nichts mehr finden von ihren Computern, ihrer Plaste, ihren Straßen und Städten, ihren Feldern – ihren Kriegen. Nur Steine wie die Pyramiden könnten überdauern.

Und er wachte wieder schweißgebadet auf mit der bangen Frage: Ist wirklich alles schon mal da gewesen, nur ein kleines bisschen anders?

April 2002

Nachrede

Es wird sein eine Zeit, da ist alles mit allem verknüpft.

„Warum eigentlich diese Maskerade?" fragte ein Thales den, der sich Zeus nennen lies. – „Wir gaben uns die Form, die sie verstehen." – „Und kommt die Katastrofe wirklich?" - Zeus schaute Thales lange an. – „Geschichte ist offen. Es liegt bei ihnen. Vielleicht auch schaffen sie es erst im dritten Anlauf, erwachsen zu werden. Wenn überhaupt."

Es ist doch alles schon einmal da gewesen, nur eben - ein kleines bisschen anders.